Barbara Rias-Buc

Salzarme Küche

Gesund kochen mit schmackhaften Würzalternativen

BELLAVISTA

Inhalt

Frisches Obst, Gemüse und Kräuter sind die Grundlage der natriumarmen Küche.

Auch salzarme Suppen müssen nicht nach Krankenhauskost schmecken: Polentasuppe mit Kräutern.

Lebenswichtiges Natrium

Natrium regelt zusammen mit dem Mineralstoff Kalium den Wasserhaushalt des Körpers. Dabei speichert Natrium das Wasser, während Kalium es ausschwemmt. Natrium ist also nicht etwa »schädlich« und sollte deshalb gemieden werden, sondern es ist sogar lebensnotwendig. Wichtig ist nur, beide Mineralstoffe so aufzunehmen, dass sie sich in einem Gleichgewicht befinden.

Ausgewogene Ernährung

Der beste und einfachste Weg zu einer gesunden Ernährung ist, mit Salz sparsam umzugehen. Denn Natrium ist Bestandteil von Kochsalz (NaCl), und mit jedem Körnchen Salz, das Sie über Ihr Essen streuen, erhöhen Sie auch die Natriumzufuhr. In Zahlen: Ein Gramm Kochsalz enthält 400 Milligramm Natrium. Natriummangel kommt bei uns praktisch nicht vor; daher geht es also immer um ein Zuviel an Natrium.

Salzarm essen heißt nicht verzichten. Sie sollten aber darauf achten, dass Sie sich möglichst vielseitig ernähren.

Wenn Sie gesund sind, können Sie auch ganz auf das Salzen verzichten und vorwiegend Lebensmittel essen, die Ihnen eine geringe Natriummenge liefern – also Gemüse, Obst, Getreide, Hülsenfrüchte, Milch und Milchprodukte. Dann brauchen Sie auch mit natriumreicheren Lebensmitteln wie Käse und Brot nicht zu sparen. Sie sollten Ihren täglichen Speiseplan sogar damit ergänzen, Tipps dazu finden Sie in den Tagesplänen für natriumarme Ernährung (siehe Seite 15ff.).

Bei erhöhtem Blutdruck sollten Sie zunächst Ihre Natriumaufnahme beschränken. Eine kaliumreiche Ernährung ist der zweite Schritt.

Denn Käse braucht der Körper als Kalziumquelle, Brot als Ballaststofflieferanten. Deshalb ist es so wichtig, sich abwechslungsreich zu ernähren – selbst wenn Sie aus gesundheitlichen Gründen salzarm essen sollten.

Verstecktes Salz

Zum Teil nehmen wir Salz zu uns, ohne es zu merken: Wurst, Schinken, Räucherfisch, Schmelzkäse, Camembert, Brie, Tilsiter, manche Brotsorten, herzhafte Knabberartikel und die meisten Fertiggerichte sind mehr oder weniger stark gesalzen. Oft bemerken wir den hohen Salzanteil gar nicht mehr. Der Rest der Tagesration kommt aus dem Salzstreuer – sei es schon in der Küche beim Kochen, sei es bei Tisch, wo viele Menschen aus reiner Gewohnheit einfach nachsalzen.

Bluthochdruck vorbeugen

Als normalen Blutdruck bezeichnet man Werte bis 140/90 mmHg, als leichten Bluthochdruck Werte bis 160/95 mmHg und als Bluthochdruck Werte über 160/95 mmHg.

Dieses Zuviel an Salz ist – neben Übergewicht und reichlichem tierischem Fett – eine häufige Ursache für Bluthochdruck. Man schätzt, dass etwa 20 Prozent der Bevölkerung unter ausgeprägtem Bluthochdruck leiden, bei weiteren 15 Prozent sind die Blutdruckwerte leicht erhöht.

Deshalb raten Ernährungswissenschaftler und Ärzte, nicht nur die reine Kochsalzmenge, sondern auch die natriumreichen Produkte in unserer Ernährung zu reduzieren und dafür mehr kaliumreiche Lebensmittel wie Gemüse, Hülsenfrüchte, Obst und frischen Fisch zu essen. Eine natriumarme, aber kaliumreiche Ernährung ist nämlich das beste und einfachste Mittel, den Blutdruck ein Leben lang auf dem normalen und gesunden Maß zu halten. Außerdem schafft eine solche Ernährung in vielen Fällen auch Abhilfe bei schon bestehendem Bluthochdruck.

Natrium und Kalium im Essen

NATRIUMGEHALT (in Milligramm je 100 Gramm)

● Milch und Milchprodukte	
Doppelrahmfrischkäse	375
Edelpilzkäse	1450
Margarine	101
Speisequark	35
● Brot	
Brötchen	553
Pumpernickel	569
Roggenmischbrot	537
Roggenvollkornbrot	527
Weißbrot	540
● Fisch	
Hering	117
Kaviar	1940
Lachs, geräuchert, in Öl	4070
Schellfisch	116
Scholle	104
Thunfisch in Öl	361
● Fleisch und Wurstwaren	
Fleischwurst	829
Huhn, Brust	66
Kalbsschnitzel	83
Lammkotelett	90
Rinderlende	74
Salami	1260
Schinken, roh	1400
Schweinekotelett	62
Wiener Würstchen	941

KALIUMGEHALT (in Milligramm je 100 Gramm)

● Obst	
Ananas, roh	170
Apfel, roh	130
Aprikosen, roh	250
Aprikosen, getrocknet	1100
Bananen	260
Erdbeeren	140
Feigen, getrocknet	840
Himbeeren	170
Kiwis	260
Orangen, roh	130
● Nüsse	
Haselnüsse	640
● Gemüse	
Blumenkohl	200
Fenchel	460
Grüne Erbsen	600
Kartoffeln	400
Kohlrabi	190
Kürbis	270
Möhren	230
Rosenkohl	320
Sellerie	230
Spinat	540
Tomate	280
● Molke	
Molke-Kwass	160
Trinkmolke	160

Salz im Glas

Ohne besondere Anstrengung verliert unser Körper 2,5 Liter Wasser pro Tag. Mit dem Wasser verliert der Körper auch lebensnotwendige Mineralstoffe, die ebenfalls ersetzt werden müssen. Mineralwasser eignet sich dafür besonders gut, da es keine Kalorien enthält, aber – je nach Sorte – eine Vielzahl von Mineralstoffen. Wenn Sie sich salzarm ernähren, sollten Sie also nicht nur darauf achten, welche Speisen Sie zu sich nehmen, sondern auch welches Wasser.

Mineralwasser

Mineralwasser stammt aus natürlichen Mineralquellen. Auf dem Etikett müssen die wichtigsten Bestandteile genannt sein. Bei diesem so genannten Analyseauszug werden die Mineralstoffe in Kationen und Anionen – das sind positiv bzw. negativ geladene Teilchen – unterteilt aufgelistet. Die wichtigsten Kationen sind Natrium, Kalzium, Magnesium und Kalium, die wichtigsten Anionen sind Chlorid, Sulfat und Hydrogenkarbonat. Für diese Inhaltsstoffe sind bestimmte Grenzwerte festgelegt.

Achten Sie bei der Wahl Ihres Mineralwassers darauf: Der Gehalt an Natrium kann je nach Marke sehr unterschiedlich sein.

Nützliche Angaben auf Mineralwässern

- »Geeignet für die Zubereitung von Säuglingsnahrung«: höchstens 20 Milligramm Natrium pro Liter
- »Geeignet für natriumarme Ernährung«: weniger als 200 Milligramm Natrium pro Liter
- »Natriumhaltig«: mehr als 200 Milligramm Natrium pro Liter
- »Mit sehr geringem Gehalt an Mineralien«: höchstens 50 Milligramm Mineralstoffe pro Liter
- »Mit geringem Gehalt an Mineralien«: höchstens 500 Milligramm Mineralstoffe pro Liter
- »Mit hohem Gehalt an Mineralien«: mehr als 1500 Milligramm Mineralstoffe pro Liter

Quellwasser

Quellwasser ist ein Wasser, das seinen Ursprung ebenfalls in unterirdischen Wasservorkommen hat. Die Anforderungen an die Inhaltsstoffe sind im Vergleich zum Mineralwasser geringer: Es wird keine ursprüngliche Reinheit verlangt, und es müssen keine Mindestmengen an Mineralstoffen und Spurenelementen enthalten sein, d. h., Quellwasser muss keine ernährungsphysiologische Wirkung haben. Eine amtliche Nutzungsgenehmigung – wie beim Mineralwasser – ist nicht erforderlich. Für alle Inhaltsstoffe gelten die Grenzwerte der Trinkwasserverordnung.

Tafelwasser

Tafelwasser ist eine Mischung aus Trink- und natürlichem Mineralwasser, dem bestimmte Zusatzstoffe beigegeben werden dürfen: natürliches, salzreiches Wasser (Natursole) oder durch Wasserentzug im Gehalt an Salzen angereichertes natürliches Mineralwasser; Meerwasser – dessen prozentualer Anteil angegeben werden muss –; Mineralsalze, wie z. B. Natrium- und Kalziumchlorid oder Natriumhydrogenkarbonat. Bei Tafelwasser gelten eigene, auf Tafelwasser abgestimmte Grenzwerte für chemische Inhaltsstoffe.

Wasser ist ein Lebenselixier: Wer keine Flüssigkeit zu sich nimmt, überlebt nur wenige Tage.

Heilwasser

Heilwasser ist ursprünglich reines, natürliches Wasser, das krankheitsheilende, -lindernde oder -vorbeugende Eigenschaften besitzt. Es zählt nicht wie Mineral-, Quell- und Tafelwasser zu den Lebensmitteln, sondern unterliegt dem Arzneimittelgesetz und gilt als Arzneimittel. Meist dominiert ein bestimmter Mineralstoff, dem spezifische Heilwirkung zukommt. Heilwasser sollten Sie nicht über lange Zeit regelmäßig und in größeren Mengen trinken, ohne sich von Ihrem Arzt beraten zu lassen.

Wie viel Salz darf es sein?

Pro Tag verbraucht der Durchschnittsbundesbürger etwa 11,5 Gramm Kochsalz. Das entspricht einer Menge von 4600 Milligramm Natrium. Gesunde Menschen sollten aber höchstens 2400 Milligramm Natrium, Menschen mit hohem Blutdruck nur 1800 Milligramm Natrium pro Tag zu sich nehmen. Ideal sind also fünf Gramm Salz pro Tag. Doch auch sieben Gramm schaden bei normalem Blutdruck nicht.

Essen Sie vorwiegend naturbelassene Lebensmittel, dann müssen Sie die Natriummenge der chemischen Zusatz- und Hilfsstoffe nicht berücksichtigen, wenn Sie Ihre tägliche Natriumaufnahme berechnen.

Kontrolle der Natriumzufuhr

Sie können ganz einfach ausrechnen, wie viel Natrium Sie täglich aufnehmen: Mit Hilfe einer Nährwerttabelle (siehe Seite 7) können Sie den Natriumgehalt der Lebensmittel, die Sie essen, bestimmen und zusammenzählen. Mit einer Briefwaage ermitteln Sie die Kochsalzmenge, die Sie zusätzlich pro Tag verbrauchen: Ein Gramm Kochsalz enthält 400 Milligramm Natrium. Wenn Sie so auf eine Tagesmenge von etwa 2400 Milligramm Natrium kommen, liegen Sie richtig.

Die tägliche Salzzufuhr errechnet sich aus

- Dem natürlichen Salzgehalt von Lebensmitteln – 100 Gramm Schweinefilet z. B. enthalten mehr Natrium und damit auch mehr Kochsalz als 100 Gramm Tomaten.
- Der Salzmenge, die beim Verarbeiten und/oder Herstellen den Lebensmitteln zugefügt wird: 100 Gramm Räucheraal enthalten etwa achtmal so viel Natrium wie dieselbe Menge frischer Aal.
- Dem Salz, das Sie selbst beim Kochen oder beim Nachsalzen zufügen.

Salz sparen, aber wie?

Angenommen, Sie sind gesund, Ihr Blutdruck ist in Ordnung, und Sie haben sich einfach entschlossen, weniger Salz zu essen. Dann lassen Sie sich genügend Zeit zum Eingewöhnen. Denn mit Salz ist es ähnlich wie mit Zucker: Man gewöhnt sich ganz schnell daran. Aber man sieht leider nicht so schnell ein, was denn an der kräftig gesalzenen, kross gebratenen Schweinebratenkruste so ungesund sein soll.

Nachsalzen ist eine meist unnötige Angewohnheit vieler Menschen. Versuchen Sie, darauf als Erstes zu verzichten!

Der sanfte Einstieg

Nehmen Sie sich besser gar nicht erst vor, das Tomatenbrot ab heute ohne Salz zu essen, denn dann schmeckt es Ihnen vermutlich nicht, und nach einer Zeit der Kasteiung salzen Sie vielleicht sogar mehr als vorher. Testen Sie einfach, wie viel Salz Sie beim Kochen brauchen, damit es immer noch gut schmeckt, ob Sie den Salat tatsächlich nachsalzen müssen oder ob Sie ihn nicht sogar lieber mögen, wenn Sie die Prise Salz durch frisch gehackte Kräuter ersetzen.

Den Salzkonsum langsam einschränken

Im Lauf der Zeit reduziert sich die Salzmenge so von selbst, ohne dass Sie es merken und ohne dass Sie sich Zwang antun müssen. Ähnliches gilt natürlich, wenn Sie auch andere Menschen davon überzeugen wollen, dass weniger Salz nicht weniger Geschmack, sondern mehr Gesundheit bedeutet: Die Nudeln von heute an ohne Salz zu kochen und den Salzstreuer vom Tisch zu verbannen schafft höchstens Unmut in der Familie, aber keine Einsicht. Verringern Sie lieber Schritt für Schritt die Salzmengen, und würzen Sie stattdessen kräftiger mit Kräutern und Gewürzen.

Schnelle Hilfe bei Bluthochdruck

Wenn Sie aber aus gesundheitlichen Gründen den Salzkonsum vermindern müssen, sollten Sie das rascher tun: Allerdings muss Ihr Arzt entscheiden, ob eine Behandlung allein durch die richtige Ernährung möglich ist oder ob zusätzlich Medikamente notwendig sind. Mit einer Ernährungsumstellung können Sie dann die Maßnahmen Ihres Hausarztes unterstützen.

Ausdauersportarten, Entspannungstraining, fett- und salzarme Ernährung sind die besten Mittel, die Behandlung von Bluthochdruck zu unterstützen.

Doch auch hier muss der Geschmack nicht auf der Strecke bleiben. Behelfen Sie sich einfach mit einem Trick: Im Reformhaus gibt es eine breite Palette natriumarmer und streng natriumarmer Produkte – Salz, Brühen, Brot, Käse, Würzmittel wie z. B. Senf, vegetabile Pasteten, Teigwaren, Sauerkraut und Gemüsesäfte. Einige davon finden Sie auch in den Rezepten dieses Buchs: Denn fünf Gramm streng natriumarmes Salz enthalten nur zwei Milligramm Natrium – im Gegensatz zu etwa 2000 Milligramm bei normalem Kochsalz.

Als zusätzliche Hilfe finden Sie bei den Rezeptvorschlägen auch wichtige Bewertungen wie »kalorienarm«, »kaliumreich« oder »ohne tierisches Fett«. Denn darauf sollten Sie achten, wenn Sie an Bluthochdruck leiden und/oder ein paar Kilogramm zu viel wiegen.

Praktische Entlastungstage

Wenn Sie nicht täglich Ihren Natriumverbrauch ausrechnen wollen oder können, behelfen Sie sich mit regelmäßigen Entlastungstagen. An diesen Tagen trinken Sie entweder nur Saft oder Molke, oder Sie essen ausschließlich Obst, Rohkost oder ungesalzenen Reis mit Obst. Eine solche Ernährung fördert die Ausscheidung des Natriums. In der Regel können solche »Schalttage« den Blutdruck deutlich senken.

Nützliche Tipps zum Salzsparen

- Verwenden Sie viele aromatische Lebensmittel wie frische Kräuter und Gewürze.
- Mischen Sie Rohkost und Salat mit Obst, dann brauchen Sie kein Salz.
- Essen Sie pro Woche nicht mehr als 200 Gramm Räucherfisch oder andere Fischdauerwaren wie z. B. Hering, Krabben oder Krebse in Dosen, Bismarckhering, Rollmops, Räucherlachs und Ölsardinen.
- Essen Sie zusätzlich zu Fisch pro Woche höchstens 100 Gramm Wurst, Schinken, Corned Beef und andere Fleisch- oder Wurstwaren in Dosen.
- Lesen Sie bei allem, was abgepackt ist, also z. B. bei Fertiggerichten und -produkten, bei Gemüsekonserven und Essiggurken, Oliven oder eingelegten Peperoni die Zutatenliste: Je weiter vorne das Salz steht, desto mehr davon ist enthalten.
- Lassen Sie Knabberartikel wie Kartoffelchips, Salzstangen oder Erdnüsse so oft wie möglich weg. Sie können stattdessen z. B. Rohkost mit einem schmackhaften Dip knabbern.
- Instantbrühen und Würzsaucen wie z. B. Sojasauce sind bereits gesalzen. Wenn Sie damit kochen, brauchen Sie kein zusätzliches Salz.
- Wer fleischarm oder vegetarisch isst, braucht mit natriumreichen Lebensmitteln wie Käse und Brot nicht zu sparen.
- Kochen Sie Reis wie die Asiaten – ohne Salz.
- Garen Sie auch Gemüse und Kartoffeln ohne Salz, und würzen Sie erst unmittelbar vor dem Servieren.
- Beim Essen erst probieren, ob wirklich Salz fehlt.

Bereichern Sie Ihren täglichen Speiseplan mit Rohkost und Obst. Garen Sie wertschonend, mit Biss. So bleibt der Eigengeschmack der Lebensmittel erhalten.

Jeden Tag natriumarm essen

Ergänzen Sie Ihren Tagesplan beliebig mit frischem Obst. Die darin enthaltenen Natriummengen fallen nicht ins Gewicht.

In diesem Kapitel sind verschiedene Tagespläne aus den Rezepten dieses Buchs zusammengestellt, die den Empfehlungen von Ernährungswissenschaftlern entsprechen: Gerichte für Frühstück, Mittags- und Abendmahlzeit, deren Natriumgehalt insgesamt jeweils unter der empfohlenen Tageshöchstmenge bleibt.
Damit Sie auch zwischen diesen Hauptmahlzeiten noch etwas essen können, ohne Ihr persönliches Limit zu übersteigen, finden Sie bei den Tagesplänen auch dazu Vorschläge – jeweils nach den Hauptmahlzeiten.
Wenn Sie diese Zwischenmahlzeiten selbst auswählen, sollten Sie einen Blick in die Tabelle auf Seite 7 werfen, damit Sie nicht zu natriumreiche Lebensmittel nehmen. So können Sie ziemlich sicher sein, in dem Rahmen zu bleiben, den Experten für die tägliche Natriumzufuhr empfehlen.

Verschiedene Höchstmengen

Je nach Höhe Ihres Blutdrucks sollten Sie bei der Zusammensetzung Ihres Speiseplans Folgendes beachten: Gesunde Menschen sollten höchstens 2400 Milligramm Natrium pro Tag zu sich nehmen. Empfehlenswert für Hypertoniker, aber auch für Menschen mit lediglich leicht erhöhtem Blutdruck sind 1800 Milligramm Natrium pro Tag.
Zum Schluss noch ein Wert, der Ihnen vielleicht wenig erscheint, für Hypertoniker aber geradezu ideal ist – und natürlich können Sie auch dann so salzarm essen, wenn Sie völlig gesund sind: 1200 Milligramm Natrium pro Tag. Das entspricht – medizinisch gesehen – einer streng natriumarmen Ernährung, reicht aber zur Versorgung mit diesem Mineralstoff vollkommen aus.

Unter 2400 Milligramm Natrium pro Tag

- Schrotmüsli mit Obst und Nüssen (siehe Seite 110)
- Kartoffelgratin mit Morcheln (siehe Seite 91) und Zucchinisalat mit Tomaten und Pilzen (siehe Seite 30)
- Schellfisch mit Gemüse (siehe Seite 94f.)
- 3 Scheiben Roggenvollkornbrot, 100 Gramm körniger Frischkäse und 150 Gramm Brathering oder 100 Gramm gekochter Schinken als Wochenration

---

- Haferflocken mit Kirschen (siehe Seite 110)
- Rettichsalat mit Äpfeln (siehe Seite 32f.), grüne Klöße mit Mangoldgemüse (siehe Seite 80)
- Spitzkohlsalat mit Lamm (siehe Seite 72f.)
- 3 Scheiben Weizenvollkornbrot, 50 Gramm Krabben und 250 Gramm Joghurt oder 1/4 l Milch

---

- Schrotmüsli mit Obst und Nüssen (siehe Seite 110)
- Weißkohlsalat mit Nüssen (siehe Seite 34), Forellen mit Zitrone und Knoblauch (siehe Seite 89)
- Marinierter Spargel mit Zuckerschoten (siehe Seite 36), süße Grießschnitten mit Erdbeeren (siehe Seite 121)
- 3 Scheiben Roggenvollkornbrot, 100 Gramm Camembert und 50 Gramm magere Leberwurst als Wochenration

---

- Hirse mit Zwetschgen (siehe Seite 111)
- Marinierte Linsen mit gebratenen Pilzen (siehe Seite 20) und Pellkartoffeln mit Kräutersauce (siehe Seite 67)
- Marinierter Fisch mit Sherry (siehe Seite 70)
- 3 Scheiben Roggenvollkornbrot oder 4 Scheiben Weißbrot und 100 Gramm gekochter Schinken als Wochenration

Unter 1800 Milligramm Natrium pro Tag

- Hirse mit Zwetschgen (siehe Seite 111)
- Avocados mit Krabben (siehe Seite 114f.), Rote Grütze (siehe Seite 74)
- Chicoréesalat mit Weintrauben (siehe Seite 38), Steckrüben mit Kartoffelfrikadellen (siehe Seite 76f.)
- 3 Scheiben Weißbrot oder Roggenmischbrot, 150 Gramm Joghurt und 200 Gramm körniger Frischkäse oder 100 Gramm Leberkäse als Wochenration

---

- Haferflocken mit Kirschen (siehe Seite 110)
- Nudelsalat mit Tofucroûtons und Pilzen (siehe Seite 68), Nektarinencreme (siehe Seite 113)
- Kerbelsuppe (siehe Seite 52f.), Schollen mit Tomaten und Zwiebeln (siehe Seite 78)
- 2 Scheiben Roggenvollkornbrot oder Weizenmischbrot und 60 Gramm Käse

---

- Waffeln mit Apfel-Preiselbeer-Kompott (siehe Seite 116)
- Gurkensuppe mit Salbei (siehe Seite 79), Huhn mit Zucchini und Tomatenreis (siehe Seite 92)
- Kartoffelgratin mit Morcheln (siehe Seite 91)
- 3 Scheiben Weizenvollkornbrot, 150 g Joghurt und 50 g Edelpilzkäse

---

- Schrotmüsli mit Obst und Nüssen (siehe Seite 110)
- Dicke Bohnensuppe mit Lauch (siehe Seite 52), Forellen mit Zitrone und Knoblauch (siehe Seite 89)
- Rohkost mit Avocadocreme (siehe Seite 42), Zwetschgenklöße (siehe Seite 117)
- 3 Scheiben Roggen- oder Weizenmischbrot, 1/4 l Milch oder 250 Gramm Kefir und 50 Gramm Salami oder Leberkäse als Wochenration

Unter 1200 Milligramm Natrium pro Tag

- Schrotmüsli mit Obst und Nüssen (siehe Seite 110)
- Bohnensalat mit Rucola (siehe Seite 38), Putengeschnetzeltes mit Zucchini und Pilzen (siehe Seite 84f.)
- Glasnudelsalat mit Pilzen (siehe Seite 57)
- 2 Scheiben Roggenschrotbrot oder Weißbrot und etwa 50 Gramm Käse

---

- Hirse mit Zwetschgen (siehe Seite 111)
- Kräutersalat (siehe Seite 47), Polentaschnitten mit Gemüse (siehe Seite 88f.)
- Geflügelsalat (siehe Seite 71)
- 2 Scheiben Roggenvollkornbrot oder Weizenmischbrot und 60 Gramm Käse

---

- Haferflocken mit Kirschen (siehe Seite 110)
- Bohnensalat mit Nussbroten (siehe Seite 74f.)
- Scharf gewürzte Linsensuppe (siehe Seite 59), Tofu mit Sprossen (siehe Seite 86f.)
- 1 Scheibe Roggenvollkornbrot und 100 Gramm Leberkäse, Edamer oder Chester als Wochenration

---

- Schrotmüsli mit Obst und Nüssen (siehe Seite 110)
- Gemüse mit gebratenen Äpfeln (siehe Seite 83)
- Reissalat mit Rindfleisch (siehe Seite 69), Bananencreme mit Orangen (siehe Seite 120)
- 2 Scheiben Weizenvollkornbrot, 150 Gramm Kefir oder Joghurt und 200 Gramm Bückling als Wochenration

Würzen satt salzen

Heute gibt es viele gute Gründe für die Renaissance von Kräutern und Gewürzen. Die Wirkstoffe darin stärken unser Immunsystem, unterstützen die Verdauung, machen Bakterien und Pilze unschädlich und helfen darüber hinaus, eine Menge Salz zu sparen. Das hat man früher übrigens auch getan, denn Salz war viel teurer als die Kräuter aus dem Küchengarten.

Vielseitige Kräuter

Egal ob Petersilie und Schnittlauch oder feines Bouquet garni: Kräuter werden in der modernen Küche höchst vielseitig verwendet. Jede Würze gibt selbst einfachen Gerichten besonderen Pfiff.

Im Sommer nimmt man so oft wie möglich frische Kräuter: Die Auswahl beim Gemüsehändler, auf dem Markt und in vielen Gärtnereien ist groß. Im Winter verwenden Sie lieber tiefgekühlte Kräuter, die es in guter Qualität zu kaufen gibt. Frische stammen aus dem Treibhaus und sind nicht besonders aromatisch. Manches können Sie auf dem Balkon selbst ziehen: Petersilie, Thymian, Basilikum, Schnittlauch, Kresse, Borretsch, Kerbel, Majoran, Estragon und Zitronenmelisse gedeihen gut in größeren Blumentöpfen oder im Balkonkasten.

Frische Kräuter helfen nicht nur Salz sparen, sie machen Ihre Speisen bekömmlicher und vitaminreicher und wirken appetitanregend.

Starkes Aroma

Zum Salzsparen nehmen Sie am besten besonders aromatische Kräuter. Basilikum passt gut zu allem, was der Sommer bietet: zu Tomaten, Blattsalaten, Paprikaschoten, Erbsen, Maiskolben und sogar grünen Bohnen.

Essen Sie das Kraut nur frisch: Beim Erhitzen verliert es die schöne Farbe, beim Trocknen das Aroma.

Liebstöckel steuert so viel Aroma bei, dass es Salz ersetzen kann. Der typische Geruch und Geschmack nach einer bekannten Suppenwürze haben der Pflanze den Namen »Maggikraut« eingebracht. Wer Liebstöckel in den Garten pflanzt, muss es im Zaum halten – es wuchert. Liebstöckel können Sie mitkochen, es passt zu Suppen und kräftigen Eintöpfen.

Viele Kräuter müssen Sie nicht mitgaren. Streuen Sie sie unmittelbar vor dem Servieren über das Gericht.

Kerbel spielte früher als Fastenkräutlein vor Ostern in Suppen und Saucen eine wichtige Rolle. Heute weiß man, dass bestimmte Fastenspeisen nicht nur religiösen Sinn, sondern auch gesundheitlichen Wert hatten. So auch Kerbel: Mit seinem hohen Vitamin-C-Gehalt eignet sich das Kraut mit dem feinen Geschmack nach Anis und Fenchel hervorragend für die Frühjahrskur. Es wirkt Blut bildend und harntreibend, regt Stoffwechsel und Appetit an. Frischer Kerbel schmeckt wie Schnittlauch auch auf einem Butterbrot. Und probieren Sie Spargel einmal mit würziger Kerbelvinaigrette anstelle von salzreichem Schinken.

Frisches Grün für den Salat

Borretsch oder Gurkenkraut mit seinen haarigen Blättern und wunderschönen blauen Blüten schmeckt so erfrischend wie Gurken. Deshalb passt das Kraut an alle Salate, kalte Saucen, Käse- und Quarkcreme, Kräuterbutter und fein geschnitten auf ein Butterbrot.

Brunnenkresse ist eines der gesündesten Frühlingskräuter, reich an Mineralstoffen und würzig mit einem Hauch von Meerrettich. Die ganzen Blätter und die grob gehackten Stiele aromatisieren Salate. Fein gehackt harmoniert das Kraut auch mit neuen Kartoffeln und Spargel.

Korianderkraut ist durch die thailändische und mexikanische Küche bei uns bekannt geworden. Die Blättchen machen Gurkensalat, Gemüsesalate mit Glasnudeln, Avocadocreme oder Kräuterquark zu Delikatessen. Wichtig: die Blättchen mit einem scharfen Messer sauber schneiden und dabei nicht quetschen. Man streut sie zum Schluss über das Gericht oder mischt sie unter.

Was der Garten bietet

Wenn Sie der wuchernde Löwenzahn im Garten zur Verzweiflung treibt, stechen Sie die Pflanzen vor der Blüte aus, hacken Sie die zarten Blätter, und mischen Sie sie in den Salat. Der leicht bittere Geschmack ist ein guter Kontrast zu weißem Reis oder Nudeln, die Sie nur mit etwas Sahne und Zitronensaft gemischt anrichten.

Löwenzahn hat man noch vor 100 Jahren eigens in die Gärten gepflanzt – als Zier- und Gemüsepflanze.

Von Minze gibt es so viele Sorten, dass selbst Fachleute nicht alle aufzählen können. Welche Sie für Salate wählen, richtet sich nur nach Ihrer Vorliebe für Menthol: Grüne oder rötliche Pfefferminze enthält am meisten davon, krause Minze weniger.

Kräuter, die Salz sparen helfen

- Klassiker, die Sie auf dem Balkon selbst ziehen können: Petersilie, Thymian, Basilikum, Schnittlauch, Borretsch, Kerbel, Majoran, Estragon und Zitronenmelisse
- Gartenkräuter, die kein Unkraut sind: Garten- und Brunnenkresse, Dill, Minze, Liebstöckel, Bohnenkraut
- Kräuter, die Sie auf dem Markt erhalten: Koriandergrün, Lorbeer, Thymian, Rosmarin, Salbei
- Wildkräuter, die Sie selbst sammeln können: Sauerampfer, Löwenzahn, Brennnessel, Gänseblümchenblätter, Giersch, Vogelmiere

Schärfe macht munter

Alle Gewürze aus Pfefferschoten enthalten Kapsaizin. Seine Schärfe kurbelt den Kreislauf an, fördert die Durchblutung und macht Essen auch ohne Salz angenehm würzig.
Gewürze aus Pfefferschoten bekommen Sie in großer Auswahl in Läden, die auf asiatische oder nordafrikanische Lebensmittel spezialisiert sind. Dort können Sie sich auch von Experten beraten oder sich die richtige Mischung frisch zusammenstellen lassen. Bewahren Sie die Gewürze immer kühl und trocken, am besten in einem dunklen Schraubglas auf, dann behalten sie ihr Aroma über lange Zeit.

Chilivariationen

Chilis sind die kleinen Schoten einer sehr scharfen Pfefferart. Sie erhalten Sie frisch oder getrocknet, ganz, gehackt oder gemahlen.

Chilipulver ist aromatischer als Cayennepfeffer. Die gemahlenen Chilischoten gibt es mit oder ohne Beimischung anderer Gewürze: Kreuzkümmel, Knoblauch, Oregano, Zwiebeln, Piment, Salz und andere Gewürze können enthalten sein. Reines Chilipulver kann extrem scharf oder milder sein.
Wer es noch schärfer mag, nimmt Harissa, das typische Gewürz der nordafrikanischen Küche. Es ist eine Paste aus getrockneten roten Chilis, Knoblauch, Kreuzkümmel, Koriandersamen und Salz, manchmal sind auch Zitrone oder Minze enthalten.
Sambals aus der indonesischen Küche verwendet man als Küchen- und Tischgewürz für Bratreis, Fleisch, Eier, Fisch, Gemüse, Kartoffeln, Hülsenfrüchte und Tofu. Sambal oelek mit roten Chilis ist die bekannteste dieser vielen Würzpasten. Sie enthält zwar Salz, die Dosis fällt aber bei den kleinen Mengen, die man von den höllisch scharfen Sambals essen kann, nicht ins Gewicht.

Pfeffer – einmal anders

Sichuanpfeffer, Bestandteil der Fünf-Gewürze-Mischung und eines Pfeffersalzes für Gegrilltes, Ausgebackenes und Marinaden, ist nicht mit dem normalen Pfeffer verwandt. Die kleinen rötlichen Beeren mit den schwarzen Samen schmecken aber pfeffrig-scharf und aromatisch. Ihr Duft erinnert an Mandarinen, und in der chinesischen Küche wird Sichuanpfeffer in Fleischgerichten häufig mit Mandarinenschalen kombiniert.
Das Gewürz bekommen Sie in allen Asienläden und – als Dekopfeffer für Trockenblumengestecke – auch im Bastelgeschäft. In die Pfeffermühle für den täglichen Bedarf gehört Sichuanpfeffer übrigens nicht, denn in größeren Mengen kann er gesundheitsschädlich sein. Sie dürfen ihn also nicht so verschwenderisch wie echten Pfeffer verwenden.

Testen Sie auch die verschiedenen Varianten des echten Pfeffers: Schwarze, weiße oder grüne Pfefferkörner geben Ihrem Gericht eine unterschiedliche Note.

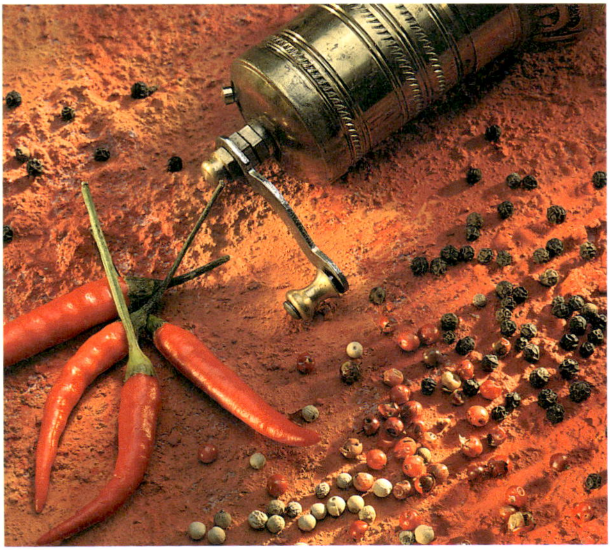

Von mildwürzig bis extrem scharf: Pfeffer ist ein Würzmittel in vielen Variationen und obendrein noch gesund.

Exoten bringen Abwechslung

Gewürze und Gewürzzubereitungen aus Südostasien, Indien, China und Nordafrika geben Ihren Gerichten einen exotischen Flair und eignen sich deshalb besonders gut dazu, Salz zu sparen.

Vieles ist bereits in Supermärkten erhältlich, Spezialläden für asiatische Lebensmittel bieten aber eine größere Auswahl an. Dort können Sie sich auch Ihre eigenen Gewürze frisch zusammenstellen lassen.

Aromatisches aus Indien

Chutneys, die süßscharfen, mit Essig angenehm gesäuerten Mischungen aus verschiedenen Obst- und/oder Gemüsesorten, haben etwa die Konsistenz von Konfitüre. Sie schmecken gut zu gebratenem Fisch, Geflügel und Fleisch sowie asiatischen Currygerichten mit Reis. Weil Salz zu Süßem aber nur in geringen Mengen passt, verzichtet man mit Chutney als Beilage ganz leicht auf Nachsalzen.

Die indische Küche eignet sich besonders gut zum Salzsparen: Gewürze sind dort das A und O.

Für Fleisch und Geflügel, Fisch und Schaltiere, Gemüse und Kartoffeln ist Garam masala die richtige Würze. Es stammt aus der nordindischen Küche und heißt übersetzt »heiße Gewürze«: Die Mischung aus 8 bis 13 aromatischen Gewürzen wärmt den Körper von innen, und sie wird in Indien deshalb im Herbst und Winter verwendet.

In der traditionsbewussten Küche Indiens bereitet man Garam masala oft frisch zu: Die unzerkleinerten Gewürze werden etwa zehn Minuten sanft geröstet, bis sie duften, nach dem Abkühlen im Mörser fein zerrieben und später dem Essen zugegeben. Natürlich erhalten Sie Garam masala für verschiedene Gerichte auch fertig gemischt in Indienläden.

Currypulver – die richtige Mischung

Schneller und problemloser geht exotisch Würzen mit Currypulver. Wir verdanken es den Engländern: Sie haben das indische Masala industriell gefertigt und international berühmt gemacht. Kolonialbeamte lernten durch ihre einheimischen Köche die indische Küche kennen und schätzen. Während der langen Schiffsreise nach Hause und erst recht im kühlen England standen die Gewürze nicht zur Verfügung. So kam ein findiger Mensch auf die Idee, das südindische »Kari« in ein Pulver zu verwandeln – streufähig wie Salz, leicht zu dosieren und immer fertig gemixt.

Curry kann bis zu 15 verschiedene Gewürze enthalten. Lassen Sie sich Ihr individuelles Curry im Indienladen zusammenstellen.

Currypulver besteht meist aus Koriander, Kreuzkümmel, Piment, Paprika, Ingwer, Pfeffer, Kardamom, Nelken, Bockshornkleesamen, Muskatblüte, Zimt und Cayennepfeffer. Immer ist gelbes Kurkuma für die schöne Farbe dabei, manchmal weißer Mohn zum Andicken. Fertiges Currypulver röstet man – entweder solo oder mit den anderen Zutaten – bei schwacher Hitze in Butter, Butterschmalz oder Öl etwa fünf Minuten an, bevor man die Flüssigkeit zugießt. Es harmoniert mit Kokoscreme, Sahne und Crème fraîche.

Curryblätter

Sie würzen ungewöhnlich aromatisch. Sie passen zu Schmorgerichten mit Fleisch, Geflügel und Gemüse. Frisch zupft man sie vom Zweig, brät sie in Öl an, gart sie dann mit und nimmt sie erst vor dem Servieren wieder heraus. Getrocknete Curryblätter müssen Sie fein zerkleinern, sonst ist die Würzkraft zu gering. Pro Person nimmt man ein bis eineinhalb frische oder drei getrocknete Blätter.

Ein Hauch Zitrone

Wenn Sie Zitronengras hacken und mitkochen, verwenden Sie nur die unteren, saftigen Teile, der Rest ist zu faserig.

Zu den Exotengewürzen, die heute schon in vielen Küchen verwendet werden, gehören zwei Zutaten aus Thailand und Indonesien: Zitronenblätter und Zitronengras.

Zitronenblätter stammen von verschiedenen Zitrusarten, am häufigsten nimmt man die dunkelgrünen, glänzenden Blätter der Kaffirlimette. Diese Zitronenart aus Indien, China und Indonesien, die auch wegen ihrer dicken, würzigen Schale und des leicht bitteren Safts kultiviert wird, gehört zur Küche Südostasiens und der pazifischen Inseln. Frische oder getrocknete Zweige mit Zitronenblättern gibt es in Asienläden. Frische Blätter kann man einfrieren.

Zitronengras gibt den Speisen feines Zitronenaroma. Es passt zu allen exotischen Gewürzen und schmeckt besonders gut zu Kokosmilch und Chilis. Da es sich – lose in Plastikbeutel gesteckt und kühl gelagert – etwa zehn Tage frisch hält, ist es nicht nur am Tag der Lieferung verfügbar, sondern fast immer.

Exotisches Zitronengras

Es wird frisch, getrocknet oder gemahlen angeboten. Sie können die frischen Halme ganz oder gehackt verwenden.

- Ganze Halme klopft man kräftig flach, wobei die Fasern aufbrechen und das Aroma frei wird. Damit sie sich im Essen nicht auflösen, verknotet man sie ein- oder zweimal.
- Getrocknete, zerkleinerte Zitronenhalme muss man vor dem Kochen etwa 30 Minuten in warmem Wasser einweichen. Ein Teelöffel der eingeweichten Halme entspricht der Würzkraft eines frischen.
- Gemahlene und getrocknete Halme – Sereh genannt – können Sie ohne Vorbereitung verwenden.

Eine ganz besondere Knolle – Ingwer

Aromatisch scharfer Ingwer gehört zu den ältesten Gewürzen, die Menschen verwenden: Seit etwa 4000 Jahren baut man ihn an – zuerst in seiner Heimat Südostasien, später in Indien und Ostafrika. Heute wächst er vom tropischen Asien bis Nordaustralien. Das Anbaugebiet bestimmt Geschmack und Qualität: Jamaika- und Indieningwer mit feinem Zitronenaroma gelten als die besten, westafrikanischer Ingwer würzt am schärfsten.
Es kommt auch auf das Alter und die Frische der Stücke an: Junger Ingwer ist fruchtig, zart und saftig, älterer scharf und grobfaserig. Frischer Ingwer schmeckt milder und ist gesünder als getrocknete Stücke oder Ingwerpulver. Frischen Ingwer gibt es beim Gemüsehändler, in Asienläden, Feinkostläden und in manchen Supermärkten.
Die Knollen müssen gleichmäßig weißlich oder gelbbraun und prall sein. Das Alter erkennen Sie erst beim Aufschneiden: Je älter die Knolle, desto faseriger das Fleisch. Zum Aufbewahren wickelt man frischen Ingwer zuerst in Küchenpapier, dann gibt man ihn in einen Plastikbeutel und legt das Ganze ins Gemüsefach des Kühlschranks.

Den appetitanregenden Ingwer können sie auch getrocknet oder gemahlen verwenden, sein Geschmack und seine Wirkung sind dann schwächer.

Rosenduft mit Galgant

Galgant, ein Verwandter des Ingwers, macht Ihr Essen noch ein wenig exotischer und feiner. Er besitzt Würze mit ausgewogener Schärfe und einen zarten Duft nach Rosen; die thailändische Küche zieht ihn dem Ingwer vor. Galgantknollen werden wie Ingwer geschält oder geschabt und in Scheiben geschnitten oder geraspelt. Falls Sie nur getrockneten Galgant oder Pulver bekommen können, nehmen Sie besser frischen Ingwer.

Salate und Rohkost

Salate und Rohkost sind Favoriten bei Feinschmeckern, Küchenkünstlern und Ernährungsfachleuten. Denn sie schmecken immer, setzen der kulinarischen Phantasie kaum Grenzen und liefern die gesunde Frische, die wir täglich essen sollen. Und weil bunte Mischungen aus Gemüse, Salat, Sprossen und Obst, leichte Rohkost mit Kräutern, Nüssen und Pilzen oder deftige Salate zum Sattessen wie alle würzig-aromatischen Produkte naturbelassen einfach am besten schmecken, spielt Salz in den Rezepten nur eine Nebenrolle.

Zeichenerklärung
kJ = Kilojoule
kcal = Kilokalorien
EW = Eiweiß
F = Fett
KH = Kohlenhydrate
Die Angaben beziehen sich auf eine Portion.

Brunnenkresse mit Tofu

Zutaten für 2 Personen
75 g Brunnenkresse • 2 TL Zitronensaft • 1 EL Obstessig
2 TL streng natriumarmes Salz • Cayennepfeffer
3 EL Olivenöl • 100 g Tofu

1 Die Brunnenkresse verlesen, waschen und fein zerkleinern.
2 Für die Salatsauce in einer Schüssel Zitronensaft mit Essig, Salz, Cayennepfeffer und 1 Esslöffel Öl vermischen.
3 Die Brunnenkresse mit der Marinade vermengen und auf Portionstellern verteilen.
4 Den Tofu trockentupfen. Das restliche Öl erhitzen. Den Tofu darin bei mittlerer Hitze auf jeder Seite etwa 4 Minuten braten, bis er leicht gebräunt ist.
5 Den Tofu herausnehmen und in dünne Scheiben schneiden. Auf der Brunnenkresse anrichten und sofort servieren.

Raffiniert
Ohne tierisches Fett
Zubereitungszeit: etwa 45 Minuten

770 kJ/180 kcal
4 g EW, 17 g F,
3 g KH,
5 mg Natrium

Zucchinisalat mit Tomaten und Pilzen

Kalorienarm
Ohne tierisches Fett
Zubereitungszeit: etwa 35 Minuten

Zutaten für 4 Personen

50 ml kalte Gemüsebrühe (Rezept Seite 56 oder natriumarme Instantbrühe) • 1 TL natriumarmer Senf
1 EL milder Obstessig • Cayennepfeffer • 3 EL Maiskeimöl
300 g Zucchini • 200 g Tomaten • 100 g Champignons
1 Bund Schnittlauch • eventuell einige Kerbelblättchen
1 EL ungesalzene Pistazienkerne

500 kJ/120 kcal
4 g EW, 10 g F,
4 g KH,
23 mg Natrium

1 Für die Salatsauce die Gemüsebrühe mit Senf, Essig, 1 kräftigen Prise Cayennepfeffer und Öl verrühren.

2 Die Zucchini und die Tomaten waschen und abtrocknen. Die Zucchini von den Stiel- und Blütenansätzen befreien und grob raspeln. Die Tomaten würfeln, dabei die Stielansätze herausschneiden. Die Pilze putzen und blättrig schneiden. Den Schnittlauch und eventuell den Kerbel waschen und fein zerkleinern.

3 Alle diese Zutaten mit der Salatsauce vermischen und auf Teller verteilen. Die Pistazienkerne hacken und darüber streuen.

Marinierte Linsen mit gebratenen Pilzen

Raffiniert
Ohne tierisches Fett
Zubereitungszeit: etwa 1 Stunde und 15 Minuten

Zutaten für 4 Personen

100 g Linsen • 1/4 l Gemüsebrühe (Rezept Seite 56 oder natriumarme Instantbrühe) • 2 EL milder Kräuteressig
3 EL Distelöl • 200 g Austernpilze • 1 Frühlingszwiebel
1 Knoblauchzehe • 1 Bund Basilikum • frisch gemahlener schwarzer Pfeffer

1 Die Linsen mit der Gemüsebrühe aufkochen, dann zugedeckt bei schwacher Hitze in etwa 1 Stunde weich garen.
2 Die gegarten Linsen in eine Schüssel geben, mit Essig und 1 Esslöffel Öl mischen und lauwarm abkühlen lassen.
3 Von den Austernpilzen die Strünke abschneiden und würfeln.
4 Das restliche Öl erhitzen. Die Pilzhüte und die Strünke darin bei schwacher bis mittlerer Hitze unter häufigem Wenden etwa 5 Minuten anbraten, bis sie leicht gebräunt sind.
5 Inzwischen die Frühlingszwiebel waschen, putzen, den Knoblauch abziehen und das Basilikum waschen. Alle diese Zutaten hacken.
6 Die zerkleinerten Zutaten und reichlich Pfeffer unter die Linsen mischen. Die Linsen auf Portionsteller verteilen und mit den gebratenen Pilzen belegt servieren.

720 kJ/170 kcal
8 g EW, 8 g F,
15 g KH,
11 mg Natrium

INFO Da Sie bei natriumarmer Ernährung weniger Brot essen sollten, müssen Sie sich verdauungsfördernde Ballaststoffe aus anderen Lebensmitteln holen.
▶ Verwenden Sie deshalb auch den harten Innenkern der Ananas.
▶ Essen Sie Äpfel und Birnen mit der Schale.
▶ Bereiten Sie Weißkohl, Rotkohl, Wirsing und Blumenkohl mit dem klein geschnittenen Strunk zu.
▶ Setzen Sie öfter Salate, Suppen und Gemüse mit Hülsenfrüchten auf den Speisezettel. Rezepte dafür finden Sie auf den Seiten 52, 54, 63, 74, 104 und 107.
Schneller ist ein ähnliches Gericht mit weißen Riesenbohnen aus der Dose zubereitet. Lassen Sie sie abtropfen, und mischen Sie sie mit Essig und Öl. Statt der würzigen Brühe nehmen Sie 1 Esslöffel körnigen Senf und 2 Esslöffel Tomaten- oder Gemüsesaft ohne Salz.

Auch Hülsenfrüchte aus der Dose sind durchaus vollwertige Lebensmittel, denn sie werden industriell schonender gegart, als das im Haushalt möglich ist.

Sojasprossensalat mit Ananas

Kalorienarm
Ohne tierisches Fett
Zubereitungszeit: etwa 45 Minuten

Zutaten für 4 Personen

250 g Sojasprossen • 2 Frühlingszwiebeln • 300 g frische Ananas • 2 EL gemischte Kräuter (Petersilie, Kerbel und Zitronenmelisse) • 2 EL Zitronensaft • frisch gemahlener schwarzer Pfeffer • 1 EL Maiskeimöl • 1 EL gehackte Haselnusskerne

500 kJ/120 kcal
4 g EW, 5 g F,
3 g KH,
5 mg Natrium

1 Die Sojasprossen in einem Sieb kalt abspülen und abtropfen lassen. Dann in reichlich sprudelnd kochendem Wasser etwa 3 Minuten kochen, abgießen und abtropfen lassen.

2 Die Frühlingszwiebeln waschen, putzen und mit dem saftigen Grün fein zerkleinern. Die Ananas von der Schale befreien und in kleine Stücke schneiden. Dabei auch den ballaststoffreichen inneren Kern verwenden. Die Kräuter waschen, trockentupfen und zerkleinern.

3 Die Sprossen, die Zwiebeln, die Ananas und die Kräuter in einer Schüssel mit Zitronensaft, Pfeffer und Öl vermischen. Mit gehackten Nüssen bestreuen und sofort servieren.

Rettichsalat mit Äpfeln und Haselnüssen

Gelingt leicht
Kalorienreich
Zubereitungszeit: etwa 20 Minuten

Zutaten für 4 Personen

1 weißer Rettich (etwa 500 g) • 1 großes Bund Dill 75 g gehackt Haselnusskerne • 500 g säuerliche Äpfel (Cox Orange oder Boskoop) • 1–2 EL Zitronensaft • frisch gemahlener weißer Pfeffer • 100 g Sahne

Deftige Zutaten – und als Ergebnis ein nicht alltäglicher Salat.

1 Die zarten Rettichblättchen abschneiden und waschen. Den Dill ebenfalls waschen. Beide Zutaten fein zerkleinern und mit den gehackten Haselnüssen in eine Schüssel geben.

2 Den Rettich schälen und grob raspeln. Die Äpfel gründlich waschen, vierteln, vom Kerngehäuse befreien und ebenfalls raspeln.

3 Den Rettich und die Äpfel zu der Dillmischung geben. Alles mit Zitronensaft, 1 kräftigen Prise Pfeffer und Sahne vermischen.

1100 kJ/260 kcal
5 g EW, 20 g F,
17 g KH,
38 mg Natrium

Roher Blumenkohlsalat mit Kräutersauce

Raffiniert
Kaliumreich
Zubereitungszeit: etwa 30 Minuten

Zutaten für 4 Personen

100 g saure Sahne • 100 g Crème fraîche • 2 EL Kräuteressig • 1 TL natriumarmer Senf • 1 TL streng natriumarmes Salz • frisch gemahlener weißer Pfeffer • 1 TL Sonnenblumenöl • 1 Blumenkohl (etwa 600 g) • 2 Frühlingszwiebeln 1 Knoblauchzehe • 4 EL gemischte Kräuter (Kerbel, Schnittlauch, Dill, Petersilie, Borretsch und Zitronenmelisse)

740 kJ/180 kcal
5 g EW, 14 g F,
7 g KH,
47 mg Natrium

1 Saure Sahne, Crème fraîche, Essig, Senf, Salz, Pfeffer und Sonnenblumenöl gut vermischen.

2 Den Blumenkohl putzen und mittelfein zerkleinern. Den Strunk mit verwenden. Die Frühlingszwiebeln waschen und fein hacken. Knoblauch und Kräuter fein hacken.

3 Alle diese Zutaten mit der Sauce vermischen.

Weißkohlsalat mit Nüssen

Gelingt leicht
Zubereitungszeit: etwa 40 Minuten

Zutaten für 4 Personen

100 ml Gemüsebrühe (Rezept Seite 56 oder natriumarme Instantbrühe) • 1 EL natriumarmer Senf • 2 TL Zitronensaft • 4 EL Sonnenblumenöl • 3 EL Sahne • Cayennepfeffer 1 Kopf Weißkohl (etwa 600 g) • 50 g gehackte Haselnusskerne

950 kJ/230 kcal
4 g EW, 20 g F,
7 g KH,
20 mg Natrium

1 Die Brühe mit Senf, Zitronensaft, Öl und Sahne verrühren und mit Cayennepfeffer würzen.

2 Den Kohl achteln, waschen und fein hobeln.

3 Den Kohl und die gehackten Nüsse mit der Salatsauce vermischen und vor dem Servieren etwa 15 Minuten durchziehen lassen.

Rotkohlsalat mit Orangen

Raffiniert
Zubereitungszeit: etwa 30 Minuten

Zutaten für 4 Personen
1 kleiner Kopf Rotkohl (etwa 400 g) • 500 g Orangen 1 EL Essig • 1/2 TL Honig • je 1/2 TL gemahlener Koriander und Ingwer • Cayennepfeffer • 100 g Joghurt • 1 EL Crème fraîche • 3 EL Maiskeimöl • 1 EL Sonnenblumenkerne

1 Den Rotkohl achteln, von den welken äußeren Blättern befreien, waschen, trockenschwenken und fein hobeln. Die Orangen schälen und in Stücke schneiden, den Saft dabei auffangen.

2 Für die Salatsauce den aufgefangenen Orangensaft mit Essig, Honig, Koriander, Ingwer, Cayennepfeffer, Joghurt, Crème fraîche und Öl verrühren.

3 Den Rotkohl und die Orangen mit der Salatsauce mischen. Den Salat mit Sonnenblumenkernen bestreut anrichten.

820 kJ/200 kcal
4 g EW, 15 g F,
12 g KH,
20 mg Natrium

INFO Salzarmes Essen verlangt nach pikanter Würze. Deshalb sollten Sie sich Gewürze anschaffen, die Sie vielleicht bisher noch nicht so häufig verwendet haben: z.B. so Exotisches wie Koriander, Nelkenpfeffer oder Piment, Ingwer, Gelbwurz, Kreuzkümmel, Safran, Bockshornklee, Anis- und Fenchelsamen. All dies gibt es in Reformhäusern und Asienläden zu kaufen. Wenn Sie nicht immer selbst mischen wollen, tut's auch Currypulver. Wechseln Sie ruhig auch mal die Pfeffersorten: Weißer Pfeffer ist mild und sehr aromatisch, schwarzer schärfer und grüner leicht fruchtig. Besonders gut schmecken frische grüne Pfefferkörner, die Sie ebenfalls in Asienläden und auf manchen Märkten bekommen. Am schärfsten würzen Sie mit Cayennepfeffer sowie frischen oder getrockneten Pfefferschoten.

Marinierter Spargel mit Zuckerschoten

Kalorienarm
Kaliumreich
Zubereitungszeit: etwa 1 Stunde

Zutaten für 4 Personen
500 g weißer Spargel • 200 g Zuckerschoten • 1/2 TL streng natriumarmes Salz • 1 Messerspitze Zucker • 1 kleine, unbehandelte Zitrone • 1 EL Weißweinessig • 3 EL Olivenöl frisch gemahlener weißer Pfeffer • 2 EL gemischte Kräuter (Petersilie, Schnittlauch und Estragon)

500 kJ/120 kcal
6 g EW, 8 g F,
9 g KH,
8 mg Natrium

1 Den Spargel und die Zuckerschoten waschen. Die Spargelstangen schälen, eventuell holzige Stielenden abschneiden. Die Zuckerschoten von den Stiel- und Blütenansätzen befreien, dabei auch eventuell vorhandene Fäden abziehen.

2 Reichlich Wasser mit Salz und Zucker aufkochen. Spargel hinzufügen, aufkochen und zugedeckt bei schwacher Hitze etwa 15 Minuten garen.

3 Die Zuckerschoten hinzufügen und weitere 3 Minuten zugedeckt kochen. Das Gemüse abgießen und in eine flache Schüssel geben. Etwa 1/4 Liter der Kochbrühe für die Sauce auffangen.

4 Die Zitrone waschen, abtrocknen und ein etwa 5 Zentimeter langes Stück Schale dünn abschneiden. Die Schale in millimeterdünne Streifen schneiden. Die Zitrone auspressen.

5 Den Saft mit der abgemessenen Brühe, der Zitronenschale, Essig und Öl vermischen und über das Gemüse gießen. Reichlich Pfeffer darüber mahlen.

6 Zugedeckt bei Zimmertemperatur 30 Minuten ziehen lassen.

7 Die Kräuter waschen, trockentupfen, fein hacken und unmittelbar vor dem Servieren über das Gemüse streuen. Dazu passen gut Pellkartoffeln.

Glasnudelsalat mit Pilzen

Zutaten für 2 Personen
100 g Glasnudeln • 100 g frische Shiitakepilze (ersatzweise Champignons) • 1 kleine, unbehandelte Zitrone 2 EL Erdnussöl • 1 großes Bund Schnittlauch 200 g Tomaten • 1/2 TL streng natriumarmes Salz frisch gemahlener weißer Pfeffer

Kalorienarm
Zubereitungszeit: etwa 30 Minuten

530 kJ/125 kcal
4 g EW, 1 g F,
3 g KH.
12 mg Natrium

1 Die Glasnudeln in eine Schüssel geben, mit kochendem Wasser bedecken und etwa 3 Minuten ziehen lassen, bis sie weich sind. In einem Sieb abgießen und wieder in die Schüssel geben.
Die Nudeln mit einer Küchenschere grob zerschneiden.

2 Die harten Pilzstiele der Shiitake entfernen. Die Pilzhüte in Streifen schneiden. Die Zitrone waschen, ein etwa 10 Zentimeter langes Stück Schale dünn abschneiden und in feine Streifen schneiden. Die Zitrone auspressen.

3 Das Öl erhitzen. Die Pilze darin bei mittlerer Hitze unter ständigem Rühren etwa 3 Minuten anbraten. Die Pfanne von der Kochstelle nehmen. Den Zitronensaft und die Schale unter die Pilze mischen, und alles mit den Glasnudeln in der Schüssel vermengen.

4 Den Schnittlauch fein schneiden. Die Tomaten waschen und würfeln, dabei die Stielansätze herausschneiden. Beides ebenfalls in die Schüssel geben. Salz und 1 Prise Pfeffer hinzufügen. Den Salat vermischen und auf Portionstellern anrichten.

Probieren Sie für Ihre Salate auch andere aromatische Öle wie Walnuss- oder Kürbiskernöl aus, aber achten Sie darauf, dass ihr Eigengeschmack mit den Salatzutaten harmoniert!

INFO Shiitakepilze wachsen auf Holzstämmen und brauchen deshalb weder gewaschen noch geputzt zu werden.

Chicoréesalat mit Weintrauben

Kaliumreich
Zubereitungszeit: etwa 20 Minuten

Zutaten für 4 Personen
600 g Chicorée • 300 g weiße und blaue Weintrauben gemischt (möglichst kernlos) • 1 Bund Dill • 100 g Magerjoghurt • 50 g Crème fraîche • 2 EL Himbeeressig frisch gemahlener schwarzer Pfeffer • 1 TL Olivenöl

590 kJ/140 kcal
4 g EW, 7 g F,
16g KH,
26 mg Natrium

1 Den Chicorée von den welken äußeren Blättern befreien, längs halbieren, waschen und trockenschwenken. Den Strunk herausschneiden und die Hälften quer in knapp fingerbreite Streifen schneiden.

2 Die Weintrauben waschen, trockenschwenken, abzupfen und halbieren. Den Dill fein hacken. Beide Zutaten mit dem Chicorée in eine Schüssel geben.

3 Joghurt, Crème fraîche, Essig, Pfeffer und Öl mischen und unter den Salat mischen. Dazu passt Brot mit Butter und/oder Käse.

Bohnensalat mit Rucola

Kaliumreich
Zubereitungszeit: etwa 50 Minuten

Zutaten für 3 Personen
500 g grüne Bohnen • 1 kleine Zwiebel • 1 Knoblauchzehe 3 EL Distelöl • 3 EL Himbeeressig • 1 TL Balsamicoessig 1 TL streng natriumarmes Salz • frisch gemahlener weißer Pfeffer • 100 g Rucola • 1 Tomate

700 kJ/170 kcal
5 g EW, 11 g F,
13 g KH,
9 mg Natrium

1 Die Bohnen waschen, in 5 Zentimeter lange Stücke schneiden. Die Zwiebel und den Knoblauch abziehen und hacken.

2 Das Öl erhitzen. Die Bohnen, die Zwiebel und den Knoblauch darin bei schwacher Hitze etwa 15 Minuten anbraten.

3 Alles in eine Schüssel geben, die beiden Essigsorten, Salz und Pfeffer darunter mischen.

4 Den Rucola waschen, trockenschwenken, grob zerkleinern und mit den Bohnen vermischen.

5 Den Salat auf Tellern anrichten. Die Tomate waschen und würfeln, dabei den Stielansatz entfernen. Die Würfel auf dem Salat anrichten, und alles noch einmal mit Pfeffer abschmecken.

Grüne Bohnen und alle anderen Hülsenfrüchte darf man nicht roh essen. Sie enthalten Blausäure, die erst durch das Garen unschädlich wird.

INFO Rucola, Rauke oder Roquette ist ein Wiesenkraut, das man in Italien und Frankreich schon lange als Salatzutat isst. Inzwischen bekommen Sie das leicht scharf schmeckende, würzige Kraut mit dem zarten Nussaroma auch hier in Gemüseläden und auf Märkten. Als Ersatz eignen sich für den Bohnensalat Löwenzahn im Frühsommer, Kopfsalat im Sommer und Feldsalat im Winter.

Grüne Bohnen: Leicht angedünstet oder blanchiert sind sie die ideale Grundlage für einen gesunden Salat.

Reissalat mit Tofu

Braucht etwas Zeit
Ohne tierisches Fett
Zubereitungszeit: etwa 50 Minuten (und 1 Stunde Quellzeit)

1339 kJ/319 kcal
12 g EW, 19 g F, 26 g KH,
130 mg Natrium

Zutaten für 4 Personen

4 getrocknete Mu-Err oder Shiitakepilze • 1/8 l Gemüsebrühe (siehe Seite 56 oder natriumarme Instantbrühe)
100 g Langkornreis • 200 ml Wasser • 250 g Tofu
2 EL dunkle Sojasauce • 1 EL Zitronensaft • 50 g gemischte Sprossen • 1 kleine rote Zwiebel • 3 Tomaten • 1 kleiner Kohlrabi • 1/4 Bund Koriandergrün • 4 EL Erdnussöl
3 EL Reis- oder Obstessig • fein gemahlener Pfeffer
1 EL Kürbiskerne

1 Die Pilze in der kalten Gemüsebrühe etwa 1 Stunde einweichen. Den Reis mit dem Wasser aufkochen und zugedeckt bei schwächster Hitze in etwa 20 Minuten körnig weich garen. Den Tofu würfeln, mit Sojasauce und Zitronensaft vermischen und 20 Minuten ziehen lassen.

2 Die Pilze in Streifen schneiden. Die Brühe durch eine Filtertüte gießen. Die Pilzstreifen in der Brühe einmal kräftig aufkochen. Die kalt abgespülten Sprossen zugeben und erneut aufkochen. Alles auf ein Sieb abgießen, und die Brühe dabei auffangen.

3 Die Zwiebel abziehen, halbieren und in dünne Ringe schneiden. Die Tomaten waschen, abtrocknen und würfeln, dabei die Stielansätze herausschneiden. Die zarten Kohlrabiblättchen abschneiden und hacken. Die Knolle schälen und grob raspeln. Den Koriander fein schneiden.

4 Das Öl erhitzen und den Tofu darin bei mittlerer Hitze rundherum braun anbraten. Herausnehmen, mit dem Reis, der Sprossen-Pilz-Mischung, der Zwiebel und der Hälfte des Kohlrabi locker vermischen, auf eine Platte geben.

5 Die aufgefangene Brühe in die Pfanne geben und den Bratensatz damit lösen. Essig und Pfeffer unterrühren und die Mischung über den Salat geben. Die Tomatenwürfel, den restlichen Kohlrabi, die Kohlrabiblättchen, das Koriandergrün und die Kürbiskerne darüber verteilen.

INFO Den Salat muss man sofort servieren, sonst wird er matschig, denn der Reis nimmt die Salatsauce auf und quillt weiter.

Avocadobrote

Zutaten für 2 Personen
3 kleine Orangen • 2 reife Avocados • 100 g Magerquark
1 Messerspitze streng natriumarmes Salz • Cayennepfeffer
1 Bund Schnittlauch • 4 große Scheiben grobes Vollkornbrot

Gelingt leicht
Zubereitungszeit: etwa 20 Minuten

1 Eine Orange auspressen, die anderen schälen und in Scheiben schneiden. Die Avocados halbieren, von den Kernen befreien und schälen. Eine Hälfte mit dem Quark, dem Orangensaft, Salz und Cayennepfeffer pürieren, den Rest in Scheiben schneiden. Den Schnittlauch in feine Röllchen schneiden.

2 Das Püree auf die Brote streichen. Die Avocados und die Orangen darauf legen. Mit Schnittlauch bestreuen.

3321 kJ/794 kcal
20 g EW, 54 g F,
55 g KH,
590 mg Natrium

INFO Ein Tipp zum Aufbewahren einer halben Avocado: Mit Kern verfärbt sie sich nicht so rasch. Deshalb die kernlose Hälfte zuerst verbrauchen. Die andere in Folie wickeln und in den Kühlschrank legen, aber nicht länger als 24 Stunden aufbewahren.

Rohkost mit Avocadocreme

Raffiniert
Kaliumreich
Zubereitungszeit: etwa 35 Minuten

Zutaten für 3 Personen

1 Kohlrabi (etwa 300 g) • 1 kleiner weißer Rettich (etwa 400 g) • 200 g Chicorée • 1 großes Bund Schnittlauch 2 reife Avocados • 2 EL Zitronensaft • 100 g Magerjoghurt 1 EL Sahne • 1/2 TL streng natriumarmes Salz • Cayennepfeffer

1600 kJ/380 kcal
8 g EW, 34 g F, 10 g KH,
58 mg Natrium

1 Den Kohlrabi und den Rettich schälen und in etwa fingerdicke Stifte schneiden. Alle zarten Blättchen der beiden Gemüse abschneiden, waschen und fein hacken. Den Chicorée in die einzelnen Blätter teilen, waschen und trockenschwenken. Alles auf 3 Tellern anrichten.

2 Den Schnittlauch waschen, trockentupfen und fein schneiden. Die Avocados halbieren, von den Kernen befreien, schälen und mit Zitronensaft in einer Schüssel fein zerdrücken. Joghurt, Sahne, Schnittlauch, Gemüseblättchen, Salz und 1 kräftige Prise Cayennepfeffer darunter mischen. In Schälchen verteilen.

3 Zum Essen die Gemüsestifte und die Chicoréeblätter in den Dip tauchen. Dazu passt Toast oder Baguette.

INFO Avocados enthalten viele mehrfach ungesättigte Fettsäuren und sind deshalb günstig bei Bluthochdruck. Damit die Avocado auch gut schmeckt, sollten Sie beim Kauf prüfen, ob sie reif ist: Wenn das Fruchtfleisch bei leichtem Fingerdruck so elastisch nachgibt wie bei einer reifen Banane, ist die Avocado genau richtig. Weichere Früchte können innen schon braun und matschig sein. Harte Avocados in Zeitungspapier gewickelt bei Zimmertemperatur nachreifen lassen.

Geflügelsalat mit Obst und Gemüse

Zutaten für 4 Personen

250 g Hähnchenbrustfilet (ohne Knochen) • 1/4 TL streng natriumarmes Salz • fein gemahlener Pfeffer • 2 EL Olivenöl 2 Zweige frischer Thymian • 1 Knoblauchzehe 2 EL Himbeer- oder Apfelessig • 200 g kernlose blaue Weintrauben • 1 säuerlicher Apfel (Cox Orange oder Boskop) 1 EL Zitronensaft • 1 kleine Fenchelknolle • 2 EL gemischte Kräuter • 150 g Magerjoghurt • 2 EL Schlagsahne 1 TL natriumarmer Senf • 25 g gehackte Nusskerne

Raffiniert
Kaliumreich
Zubereitungszeit: etwa 40 Minuten

1 Die Hähnchenbrust häuten und mit Salz und Pfeffer einreiben.

2 Das Öl erhitzen. Das Fleisch darin bei mittlerer Hitze auf jeder Seite etwa 3 Minuten braten. Auf einem Teller lauwarm abkühlen lassen.

3 Thymianblättchen und zerdrückten Knoblauch im Bratfett unter ständigem Rühren bei schwacher Hitze etwa 3 Minuten anbraten. Den Essig zufügen und die Pfanne von der Kochstelle nehmen.

4 Die Weintrauben waschen und abzupfen, den Apfel vierteln, schälen, vom Kerngehäuse befreien und würfeln. Das Obst mit Zitronensaft vermischen. Das Fenchelgrün abschneiden und hacken. Die Knolle halbieren, vom Strunk befreien, waschen und quer zu den Fasern in feine Streifen schneiden. Die Kräuter waschen und hacken.

5 Das Hähnchenfleisch würfeln, in der Essigmischung in der Pfanne schwenken und auf eine Platte geben. Joghurt mit Sahne und Senf verrühren. Das Obst, den Fenchel, das Fenchelgrün und die Kräuter damit mischen und auf dem Fleisch verteilen. Die Nüsse darüber streuen.

1096 kJ/262 kcal
19 g EW, 13 g F,
16 g KH,
100 mg Natrium

Vermischen Sie die Äpfel frühzeitig mit Zitronensaft, sonst werden sie braun und der Salat sieht nicht mehr so frisch und knackig aus.

Schafskäse, Weinblätter, Oliven und frisches Gemüse – der letzte Urlaub lässt grüßen.

Bunte Salatplatte

Für Gäste
Kalorienreich
Zubereitungszeit: etwa 50 Minuten

Zutaten für 5 Personen

250 g Zucchini • 4 Knoblauchzehen • 1 unbehandelte Zitrone • 1 Zweig frischer Thymian • 6 EL Olivenöl 500 g Tomaten • 1 Salatgurke • 2 Bund Radieschen 1 Kopf Romanasalat • 2 EL Apfelsaft • 3 EL Apfelessig 1 TL streng natriumarmes Salz • fein gemahlener schwarzer Pfeffer • 1 Dose gefüllte Weinblätter (Einwaage 315 g) 250 g griechischer Schafskäse • 100 g schwarze Oliven 300 g griechischer Joghurt • 4 EL Crème fraîche je 1/4 Bund Dill und Minze

1 Die Zucchini waschen, putzen und der Länge nach in Scheiben schneiden. Die Knoblauchzehen abziehen, 2 davon grob hacken. Ein etwa 10 Zentimeter langes Stück Zitronenschale dünn abschneiden und hacken. Die Zitrone auspressen. Die Thymianblättchen abstreifen.

2 2 Esslöffel Öl erhitzen. Die Zucchinischeiben darin bei schwacher bis mittlerer Hitze auf beiden Seiten goldbraun anbraten. Die Pfanne von der Kochstelle nehmen. Gehackten Knoblauch, Zitronenschale, Saft und Thymian vermischen und auf den Zucchini verteilen. Die Zucchini zugedeckt stehen lassen.

3 Die Tomaten waschen, abtrocknen und achteln, die Stielansätze dabei entfernen. Die Gurke schälen, 2/3 davon in Scheiben schneiden. Die Radieschen waschen und ebenfalls in Scheiben schneiden. Den Romanasalat zerpflücken, Blätter waschen und trocknen. Ein großes Blatt beiseite legen, die anderen Blätter quer in fingerbreite Streifen schneiden.

4 Apfelsaft mit Essig, Salz, Pfeffer und dem restlichen Öl verrühren. Tomaten, Gurken, Radieschen und Salatstreifen damit mischen, auf eine Platte geben.

5 Die Weinblätter abtropfen lassen, den Schafskäse würfeln. Beides mit den Oliven neben dem Salat anrichten.

6 Den Joghurt mit der Crème fraîche verrühren. Die restlichen Knoblauchzehen zerdrücken. Den Rest der Salatgurke grob raspeln. Den Dill und die Minze fein zerkleinern. Diese Zutaten mit der Joghurtmischung zu einem Tzatziki verrühren, mit Salz und Pfeffer abschmecken. Das Salatblatt auf die Platte legen und den Tzatziki darauf anrichten.

2178 kJ/520 kcal
17 g EW, 39 g F,
25 g KH,
1380 mg Natrium

Bei streng natriumarmer Kost sollten Sie Weinblätter, Schafskäse und Oliven sparsam verwenden, da diese üblicherweise in salzhaltiger Flüssigkeit eingelegt werden.

Gemüse mit Knoblauchsauce

Für Gäste
Braucht etwas Zeit
Zubereitungszeit: etwa 1 Stunde

Zutaten für 4 Personen
2 Eier • 1/2 Scheibe Toastbrot • 2 EL Milch • 4 Knoblauchzehen • 1/2 TL streng natriumarmes Salz • 3 EL Zitronensaft • 1/4 l Olivenöl • 2 EL lauwarmes Wasser • 250 g kleine, feste Zucchini • 250 g Salatgurke • 1 kleiner weißer Rettich 300 g junge Möhren • je 1 grüne, gelbe und rote Paprikaschote • 4 Frühlingszwiebeln • 4 große Champignons

2989 kJ/714 kcal
8 g EW, 68 g F,
18 g KH,
90 mg Natrium

1 Die Eier in 10 Minuten hart kochen, pellen und halbieren. Das Eigelb herauslösen. Das Brot entrinden und fein zerkrümeln. Mit der Milch beträufelt stehen lassen.

2 Für die Sauce die Knoblauchzehen abziehen und in einer Schüssel mit Salz zerdrücken. Das ausgelöste Eigelb, 1 Esslöffel Zitronensaft und das Brot zugeben. Mit den Quirlen des Handrührgeräts nach und nach das Öl, 2 weitere Esslöffel Zitronensaft und das Wasser unterrühren, bis sich alles zu einer dicken Sauce verbunden hat.

3 Die Zucchini waschen, abtrocknen, von den Stiel- und Blütenansätzen befreien. Die geschälte Salatgurke längs halbieren, Kerne mit einem Löffel herauskratzen. Den Rettich und die Möhren schälen, der Länge nach vierteln. Alles in etwa fingerdicke Stifte schneiden. Die Paprikaschoten waschen, abtrocknen und der Länge nach halbieren. Kerne und Trennwände entfernen, die Schotenhälften in Streifen schneiden. Die Frühlingszwiebeln waschen und putzen. Die Champignons ebenfalls putzen, trockentupfen und halbieren.

4 Das Gemüse auf einer Platte anrichten. Die Sauce in kleine Schälchen füllen und zum Gemüse servieren.

Variieren Sie mit einer Creme aus 4 fein zerdrückten Knoblauchzehen, 200 g Frischkäse, je 2 Esslöffeln Zitronensaft und Crème fraîche, die Sie mit Petersilie und je 1 Prise Salz und Pfeffer würzen.

TIPP Probieren Sie die französische Knoblauchsauce Aioli in einer neuen Version mit gekochtem Eigelb, damit Sie kein Salmonellenrisiko eingehen. Die Sauce passt auch zu gegrilltem Gemüse, dicken Gemüsesuppen und Pellkartoffeln. Traditonell isst man sie zu Krustentieren und Fischsuppen.

Kräutersalat

Zutaten für 3 Personen

100 g gemischte Kräuter (Petersilie, Gartenkresse, Kerbel, Dill, Löwenzahn, Sauerampfer, Schnittlauch, Minze und Zitronenmelisse) • 100 g beliebige Salatblätter • 2 EL milder Obstessig • 1 TL natriumarmer Senf • 1 EL Sahne
4 EL Olivenöl • 1 TL Erdnussöl • 1 EL Sonnenblumenkerne

Raffiniert
Kaliumreich
Zubereitungszeit: etwa 30 Minuten

1 Die Kräuter und den Salat waschen, sehr gut trockenschwenken und grob zerkleinern. In eine Schüssel geben.

2 Den Essig mit Senf, Sahne und den beiden Ölsorten verrühren und die Sauce mit den Salatzutaten vermischen. Den Salat auf Portionstellern anrichten.

3 Die Sonnenblumenkerne ohne Fettzugabe bei schwacher bis mittlerer Hitze rösten, bis sie goldbraun sind. Über den Salat streuen.

840 kJ/200 kcal
4 g EW, 19 g F,
3 g KH,
24 mg Natrium

INFO Für den Kräutersalat brauchen Sie ganz frische Kräuter, am besten pflückfrisch aus dem Garten oder Balkonkasten, dann ist zusätzliches Salz nicht nötig.

TIPP Zum Sattessen pro Person 2 Esslöffel feinkörnigen Kuskus mit 3 Esslöffeln kaltem Wasser mischen, etwa 10 Minuten quellen lassen und mit Salatdressing vermischt neben dem Salat anrichten.

Suppen

Den meisten Menschen bleibt der Suppenkaspar aus dem bekannten Bilderbuch ein Rätsel. Denn was gibt es Feineres als ein leichtes Süppchen im edlen Menü, was ist so heimelig wie eine dicke Suppe an ungemütlichen Tagen? Suppen stillen den ersten und den kleinen Hunger, und viele gehören zu den Köstlichkeiten, die ohne Mühe schnell gekocht sind.

Gurkensuppe mit Salbei

Zutaten für 4 Personen
600 g Schmorgurken • 1 Zwiebel • 1 Knoblauchzehe 2 EL Salbeiblättchen • 1 EL Maiskeimöl • 600 ml Gemüsebrühe (Rezept Seite 56 oder natriumarme Instantbrühe) 150 g Crème fraîche • frisch gemahlener weißer Pfeffer 1/4 TL gemahlener Koriander • 1 EL Zitronensaft

Gelingt leicht
Zubereitungszeit: etwa 30 Minuten

1 Die Gurken schälen, längs halbieren und die Kerne herauskratzen. In dünne Scheiben schneiden. Zwiebel und Knoblauch fein hacken. Den Salbei zerkleinern.

2 Das Öl erhitzen. Die Gurken, die Zwiebel, den Knoblauch und etwa 2/3 der Salbeiblättchen unter Rühren etwa 1 Minute anbraten.

3 Brühe und Crème fraîche dazugeben, die Suppe aufkochen und zugedeckt bei mittlerer Hitze etwa 3 Minuten kochen lassen.

4 Die Suppe mit 1 kräftigen Prise Pfeffer, Koriander und Zitronensaft abschmecken und auf Teller verteilen. Den Rest des Salbeis über die Suppe streuen.

800 kJ/190 kcal
2 g EW, 18 g F,
6 g KH,
35 mg Natrium

Buchweizensuppe mit Erbsen

Kalorienarm
Ohne tierisches Fett
Zubereitungszeit: etwa 40 Minuten

770 kJ/180 kcal
9 g EW, 3 g F,
31 g KH,
11 mg Natrium

Zutaten für 3 Personen
1 Knoblauchzehe • 1 TL Safranfäden • 1 TL Erdnussöl
3/4 l Gemüsebrühe (Rezept Seite 56 oder natriumarme Instantbrühe) • 75 g Buchweizenkörner • 1 Paket tiefgefrorene Erbsen (300 g) • 1 Tomate (etwa 100 g)
1 Bund Basilikum

1 Den Knoblauch abziehen und zerdrücken. Die Safranfäden zwischen den Fingern oder im Mörser zerreiben.

2 Das Öl erhitzen. Den Knoblauch und den Safran darin bei schwacher Hitze unter Rühren anbraten, bis der Knoblauch glasig ist. Die Brühe dazugießen, den Buchweizen einstreuen und aufkochen. Zugedeckt bei schwacher Hitze etwa 10 Minuten garen.

3 Die gefrorenen Erbsen dazugeben. Die Suppe erneut aufkochen und bei schwacher Hitze weitere 7 Minuten garen.

4 Inzwischen die Tomate abziehen, vom Stielansatz befreien und würfeln. Das Basilikum waschen, trockentupfen und fein hacken.

5 Die Suppe in heiße Teller geben. Die Tomatenwürfel und das Basilikum darauf verteilen und die Suppe sofort servieren.

INFO Bei natriumarmer Ernährung sollten Sie nur vollreife Tomaten nehmen, die im Freiland wachsen und am Stock genügend Sonne bekommen. Treibhaustomaten schmecken nicht ohne Salz. Reife Tomaten brauchen Sie übrigens vor dem Häuten nicht mit kochendem Wasser zu überbrühen: Die Haut lässt sich so abziehen. Die Stielansätze immer herausschneiden, denn sie enthalten gesundheitsschädliches Solanin.

Kartoffelsuppe mit Pilzen

Zutaten für 4 Personen

400 g mehlig kochende Kartoffeln • 1 l Gemüsebrühe (Rezept Seite 56 oder natriumarme Instantbrühe) 250 g Champignons • 3/4 unbehandelte Zitrone • 1 Knoblauchzehe • 2 EL Distelöl • 100 g Sahne • Cayennepfeffer 1 großes Bund Schnittlauch

Gelingt leicht
Zubereitungszeit: etwa 40 Minuten

1 Die Kartoffeln schälen, waschen und in kleine Würfel schneiden.

2 Die Kartoffeln mit der Gemüsebrühe aufkochen und zugedeckt bei schwacher Hitze etwa 15 Minuten garen, bis sie weich sind.

3 Inzwischen die Pilze putzen und in feine Scheiben schneiden. Von der Zitrone ein etwa 5 Zentimeter langes Stück Schale dünn abschneiden und in ganz feine Streifen schneiden. Die Zitrone auspressen. Den Knoblauch abziehen und zerdrücken.

4 Das Öl erhitzen. Die Pilze und den Knoblauch bei mittlerer Hitze unter Rühren darin anbraten, bis die Pilze leicht gebräunt sind. Die Zitronenschale und den Saft darunter mischen.

5 Die Kartoffeln mit einem Kartoffelstampfer zerdrücken oder mit dem Mixstab pürieren. Die Sahne und die Pilze darunter mischen und erhitzen, aber nicht mehr aufkochen. Die Suppe mit Cayennepfeffer abschmecken. Den Schnittlauch in Röllchen schneiden und darüber streuen.

1000 kJ/240 kcal
5 g EW, 17 g F,
18 g KH,
28 mg Natrium

Zuchtchampignons gibt es das ganze Jahr über frisch zu kaufen. Probieren Sie auch die braunen und etwas aromatischeren Egerlinge.

INFO Bei Kartoffelsuppen hängt es von der Kartoffelsorte ab, wie viel Brühe Sie brauchen. Bei sehr mehligen, d. h., stärkereichen Kartoffeln müssen Sie zum Schluss eventuell noch etwas Wasser zugeben.

Dicke Bohnensuppe mit Lauch

Kaliumreich
Zubereitungszeit: etwa 30 Minuten

Zutaten für 3 Personen
500 g Lauch • 1 Knoblauchzehe • 2 EL Maiskeimöl 3/4 l Gemüsebrühe (Rezept Seite 56 oder natriumarme Instantbrühe) • 1 Paket tiefgefrorene dicke Bohnen (300 g) • 1 EL Crème fraîche • 1/2 TL streng natriumarmes Salz • frisch gemahlener schwarzer Pfeffer

1100 kJ/260 kcal
11 g EW, 13 g F,
23 g KH,
19 mg Natrium

1 Den Lauch waschen und in dünne Ringe schneiden. Den Knoblauch abziehen und zerdrücken.

2 Das Öl erhitzen. Den Lauch und den Knoblauch darin unter Rühren anbraten. Die Brühe und die Bohnen hinzufügen. Die Suppe aufkochen, die Bohnen zugedeckt etwa 15 Minuten garen.

3 Die Crème fraîche unterrühren und noch einmal erhitzen. Die Suppe mit Salz und Pfeffer abschmecken.

Kerbelsuppe

Raffiniert
Zubereitungszeit: etwa 30 Minuten

Zutaten für 2 Personen
1 kleine Zwiebel • 1 mehlig kochende Kartoffel (etwa 150 g) 1 EL Sonnenblumenöl • 600 ml Gemüsebrühe (Rezept Seite 56 oder natriumarme Instantbrühe) • 50 g Kerbel 125 g Sahne • frisch gemahlener weißer Pfeffer

1300 kJ/310 kcal
4 g EW, 25 g F,
16 g KH,
25 mg Natrium

1 Die Zwiebel abziehen und fein hacken. Die Kartoffel schälen, waschen und würfeln.

2 Das Öl erhitzen. Die Zwiebel und die Kartoffel dazugeben und bei mittlerer Hitze unter Rühren etwa 1 Minute anbraten.

3 Die Brühe dazugießen, aufkochen und die Kartoffeln weich kochen.

4 Inzwischen den Kerbel verlesen, waschen und fein hacken.
5 Die Suppe mit dem Mixstab pürieren. Den Kerbel und die Sahne darunter mischen, und die Suppe erhitzen, aber nicht mehr aufkochen. Mit Pfeffer abschmecken.

Reissuppe mit Tomaten

Zutaten für 3 Personen
1 Knoblauchzehe • 2 Zweige frischer Thymian • 1 TL Sonnenblumenöl • 50 g Parboiled Reis • 1/2 l Gemüsebrühe (Rezept Seite 56 oder natriumarme Instantbrühe)
300 g Tomaten • 1 Bund Schnittlauch • 1 EL Crème fraîche
1/2 TL streng natriumarmes Salz • 1 Prise Zucker
Cayennepfeffer

Gelingt leicht
Kalorienarm
Zubereitungszeit: etwa 30 Minuten

1 Den Knoblauch abziehen und zerdrücken. Den Thymian waschen, trockentupfen und die Blättchen abstreifen.
2 Das Öl erhitzen. Knoblauch, Thymian und Reis darin bei mittlerer Hitze unter ständigem Rühren etwa 1 Minute anbraten.
3 Die Gemüsebrühe dazugießen, die Suppe einmal aufkochen und zugedeckt bei schwacher Hitze etwa 15 Minuten garen, bis der Reis gerade eben weich ist.
4 Inzwischen die Tomaten abziehen und würfeln. Den Schnittlauch fein schneiden.
5 Die Tomaten und die Crème fraîche in die Suppe geben, erneut aufkochen und zugedeckt etwa 1 Minute kochen lassen.
6 Die Suppe mit Salz, Zucker und 1 kräftigen Prise Cayennepfeffer abschmecken und auf Teller verteilen. Schnittlauch darüber streuen und sofort servieren.

500 kJ/120 kcal
3 g EW, 4 g F,
18 g KH,
12 mg Natrium

Bohnensuppe mit Brokkoli

Preiswert
Kaliumreich
Zubereitungszeit: etwa 1 Stunde und 45 Minuten (und etwa 6 Stunden Quellzeit)

1000 kJ/240 kcal
12 g EW, 11 g F,
24 g KH,
33 mg Natrium

Zutaten für 4 Personen

150 g getrocknete weiße Bohnen • 1 l Gemüsebrühe (Rezept Seite 56 oder natriumarme Instantbrühe) • 1 TL getrocknetes Bohnenkraut • 500 g Brokkoli • 1 Knoblauchzehe 100 g Crème fraîche • 2 EL Zitronensaft • frisch gemahlener weißer Pfeffer • 1 Bund Schnittlauch

1 Die Bohnen in der Gemüsebrühe zugedeckt etwa 6 Stunden quellen lassen.

2 Das Bohnenkraut hinzufügen, die Bohnen aufkochen und zugedeckt bei schwacher Hitze in etwa 1 1/4 Stunden weich kochen.

3 Nach etwa 1 Stunde den Brokkoli waschen, putzen und in Röschen und Stiele teilen. Die Stiele schälen. Den Knoblauch abziehen und zerdrücken.

4 Die Brokkolistiele zur Suppe geben, aufkochen und etwa 5 Minuten garen. Die Röschen und den Knoblauch dazugeben und nach dem Aufkochen weitere 5 Minuten garen.

5 Die Crème fraîche darunter mischen, die Suppe erhitzen, mit Zitronensaft und Pfeffer abschmecken und in vorgewärmte Teller geben. Den Schnittlauch waschen, trockentupfen, fein schneiden und auf die Suppe streuen.

INFO Essen Sie Schoten oder Samen von Hülsenfrüchten niemals roh. Erst durch ausreichendes Garen wird das darin enthaltene natürliche Gift, das Phasin, unschädlich gemacht. Beim Keimen wird dieses Gift nur teilweise abgebaut; deshalb sollten Sie auch Sojasprossen nicht zu oft essen und grundsätzlich kurz erhitzen oder blanchieren.

Polentasuppe mit Kräutern

Zutaten für 4 Personen
100 g Weißkohl • 3/4 l Gemüsebrühe (Rezept Seite 56 oder natriumarme Instantbrühe) • 40 g Maisgrieß (Polenta) 100 g Sahne • 2 EL tiefgefrorene gemischte Kräuter 100 g Gartenkresse • Cayennepfeffer

Raffiniert
Zubereitungszeit: etwa 30 Minuten

1 Den Weißkohl waschen. Die Blätter in feine Streifen, härtere Blattrippen in dünne Stifte schneiden.
2 Die Gemüsebrühe aufkochen. Die Polenta unter Rühren hinzugeben, erneut aufkochen und zugedeckt bei schwacher Hitze etwa 5 Minuten garen.
3 Den Weißkohl hinzufügen. Die Suppe aufkochen und dann zugedeckt bei schwacher Hitze etwa 2 Minuten garen.
4 Die Sahne und die Kräuter untermischen, die Suppe erhitzen. Die Kresse hinzufügen. Die Suppe mit Cayennepfeffer abschmecken.

540 kJ/130 kcal
3 g EW, 8 g F,
10 g KH,
20 mg Natrium

Polentasuppe mit Kräutern: Der Maisgries sättigt, ohne träge zu machen.

Gemüsebrühe mit Grünkern

Braucht etwas Zeit
Zubereitungszeit: etwa 1 Stunde und 30 Minuten

Zutaten für 4 Personen
250 g Lauch • 350 g Möhren • 1 Petersilienwurzel
1 Fenchelknolle (etwa 250 g) • 250 g Knollensellerie
1 Zwiebel • 1 Knoblauchzehe • 1 Bund Petersilie
3 Zweige frischer Thymian • 1 Lorbeerblatt • 1 TL weiße Pfefferkörner • 2 Wacholderbeeren • 2 l Wasser
50 g Grünkernschrot • 50 g Kerbel • 1 kleines Bund Schnittlauch • 1/8 l Milch • 50 g Crème fraîche • 20 g kalte Butter
1/2 TL streng natriumarmes Salz • frisch gemahlener weißer Pfeffer • frisch geriebene Muskatnuss

1000 kJ/240 kcal
9 g EW, 12 g F,
21 g KH,
32 mg Natrium

1 Für die Brühe alle Gemüse waschen, putzen bzw. schälen und fein zerkleinern. Die Zwiebel und die Knoblauchzehe abziehen und hacken. Petersilie und Thymian waschen.

2 Das zerkleinerte Gemüse, die Zwiebel, den Knoblauch, die Petersilie, den Thymian, das Lorbeerblatt, die Pfefferkörner, die Wacholderbeeren und das Wasser aufkochen. Die Brühe zugedeckt bei schwacher Hitze etwa 30 Minuten kochen lassen.

3 Die Brühe durch ein feines Sieb in ein anderes Gefäß gießen, das Gemüse auf dem Sieb mit einem Löffel ausdrücken und wegwerfen.

4 Das Grünkernschrot unter Rühren bei mittlerer Hitze rösten, bis es duftet. Die Gemüsebrühe unter kräftigem Rühren nach und nach zugeben. Die Suppe unter weiterem Rühren so lange aufkochen, bis sie glatt und sämig ist.

5 Die Suppe zugedeckt bei schwacher Hitze etwa 20 Minuten garen. Dabei immer wieder umrühren, damit das Schrot nicht zu stark am Topfboden anliegt.

Wenn Sie die Schritte 4 bis 7 weglassen, haben Sie eine klare Gemüsebrühe, die als Saucen- und Suppengrundlage ideal verwendbar ist.

6 Während die Suppe kocht, Kerbel und Schnittlauch waschen, und fein zerkleinern.
7 Die Milch, die Crème fraîche und die kalte Butter in die Suppe geben. Die Suppe bis knapp unter den Siedepunkt erhitzen und dabei mit den Quirlen des Handrührgeräts kräftig aufschlagen, bis sich die Butter aufgelöst hat.
8 Die Kräuter hinzufügen. Die Suppe mit Salz, Pfeffer und Muskat abschmecken, auf die Teller verteilen und sofort servieren.

So kombinieren Sie die Brühe mit Fleisch: ein Rinderfilet hauchfein schneiden, die Brühe mit trockenem Sherry würzen, kochend heiß über das Fleisch gießen und mit Kräutern bestreuen.

INFO Selbst gekochte Gemüsebrühe enthält reichlich Kalium und ist deshalb ideal für eine kochsalzarme Ernährung. Die Brühe können Sie – wie Fleischbrühe – auf Vorrat zubereiten, portionsweise einfrieren und bei Bedarf als Grundlage für Suppen und Saucen verwenden. Im Kühlschrank hält sich die Brühe gut verschlossen drei Tage.
An Gemüse eignen sich Petersilienwurzeln, Lauch, Möhren, Fenchel sowie Stauden- und Knollensellerie. Gewürzt wird nach Wunsch mit Kräutern, Knoblauch, Lorbeerblatt und/oder Wacholderbeeren. Statt Wasser können Sie für die Brühe auch das – ungesalzene! – Kochwasser von Gemüse wie Spargel und grünen Bohnen nehmen.
Klare Gemüsebrühe kann man wie Fleisch- oder Geflügelbrühe anrichten:
- Mit Eierflaum: 1 bis 2 Eier mit Salz, Pfeffer und Muskat verquirlen und in die heiße Brühe rühren.
- Mit Getreide: Gekochte Körner aus dem Vorrat tiefgefroren in die Brühe geben und kräftig aufkochen.
- Mit Eierkuchen: Die Kuchen backen, abkühlen lassen, in Streifen schneiden und einfrieren. Zum Servieren gefroren in die heiße Brühe geben und erhitzen.

Blumenkohlsuppe mit Petersilie

Raffiniert
Gelingt leicht
Zubereitungszeit: etwa 40 Minuten

Zutaten für 4 Personen

1 Blumenkohl (etwa 600 g) • 1 kleine Zwiebel • 1/2 unbehandelte Zitrone • 1 EL Sonnenblumenöl • 1 TL Safranfäden • 1 gestrichener EL Mehl • 1/2 l Wasser • 1/4 l Milch 125 g Sahne • 1 Eigelb • 1 Bund Petersilie • 1/2 TL streng natriumarmes Salz • Cayennepfeffer • frisch geriebene Muskatnuss

950 kJ/230 kcal
8 g EW, 17 g F,
11 g KH,
71 mg Natrium

1 Den Blumenkohl waschen, in Röschen, Strunk und Blätter teilen und putzen. Die Zwiebel abziehen und fein hacken. Die Zitronenschale abreiben und auf einem Teller beiseite stellen. Die Zitrone auspressen.

2 Das Öl erhitzen. Den Safran und das Mehl hinzufügen und bei schwacher Hitze unter ständigem Rühren einige Sekunden anrösten. Das Wasser langsam zugeben und aufkochen. Dabei so lange rühren, bis die Suppe glatt ist.

3 Den Blumenkohl und den Zitronensaft hinzufügen, aufkochen und zugedeckt bei schwacher Hitze 5 bis 10 Minuten garen, bis der Blumenkohl gerade eben bissfest ist. Zwischendurch kosten, damit der Kohl nicht zu weich wird.

4 Während der Blumenkohl gart, die Milch mit der Sahne und dem Eigelb verquirlen. Die Petersilie waschen und fein hacken.

5 Die Milchmischung zur Suppe geben, und diese unter Rühren erhitzen, aber nicht mehr aufkochen, sonst gerinnt das Eigelb.

6 Die Suppe mit Salz, 1 kräftigen Prise Cayennepfeffer und Muskat abschmecken und auf Portionstellern anrichten. Petersilie und Zitronenschale darüber streuen.

Scharf gewürzte Linsensuppe

Zutaten für 3 Personen

1 Zwiebel • 1 Knoblauchzehe • 1 grüne oder rote Pfefferschote • 1 EL Maiskeimöl • 75 g Linsen • 1/2 l Gemüsebrühe (Rezept Seite 56 oder natriumarme Instantbrühe) 50 g Crème fraîche • 2 EL Zitronensaft • 1 Bund frischer Majoran (ersatzweise Petersilie)

Preiswert
Kaliumreich
Zubereitungszeit: etwa 1 Stunde

1 Die Zwiebel und den Knoblauch abziehen und hacken. Die Pfefferschote halbieren, den Stielansatz und alle Kerne entfernen. Die Schotenhälften kalt abspülen und in feine Streifen schneiden.

2 Das Öl erhitzen. Die Zwiebel, den Knoblauch und die Pfefferschote darin bei schwacher Hitze unter Rühren anbraten, bis die Zwiebel glasig ist.

3 Die Linsen und die Gemüsebrühe dazugeben, einmal aufkochen und die Linsen zugedeckt bei schwacher Hitze in etwa 50 Minuten weich garen.

4 Crème fraîche und Zitronensaft unter die Suppe rühren und diese erhitzen. Den Majoran waschen, trocknen und fein zerkleinern und die Suppe damit bestreuen.

780 kJ/190 kcal
7 g EW, 10 g F,
16 g KH,
13 mg Natrium

INFO Die Garzeit von Linsen kann sehr unterschiedlich sein: Je länger die Linsen bereits gelagert sind, desto länger brauchen sie zum Garen. Auch kalkreiches Wasser verlängert die Garzeit, während Salz im Kochwasser fürs Weichwerden von Hülsenfrüchten keine Rolle spielt. Wenn Sie wenig Zeit haben, nehmen Sie die kleinen, rot- bis orangefarbenen Linsen, die es in Asienläden und in manchen Naturkostläden zu kaufen gibt. Diese Linsen sind geschält, deshalb leicht verdaulich und brauchen zum Garen höchstens 20 Minuten.

Linsen sind durch ihren besonders hohen Gehalt an Eiweiß, Ballaststoffen und Kalium für salzarme Kost hervorragend geeignet.

Petersiliensuppe mit Pilzen

Raffiniert
Zubereitungszeit: etwa 35 Minuten

1000 kJ/240 kcal
4 g EW, 21 g F, 9 g KH, 31 mg Natrium

Zutaten für 4 Personen
150 g Champignons • 1 EL Zitronensaft • 1 Zwiebel 2 Bund Petersilie • 25 g Butter • 25 g Mehl • 3/4 l Gemüsebrühe (Rezept Seite 56 oder natriumarme Instantbrühe) 200 g Sahne • frisch gemahlener weißer Pfeffer • frisch geriebene Muskatnuss

1 Die Champignons putzen, in Scheiben schneiden und mit Zitronensaft vermischen. Die Zwiebel abziehen und hacken. Die Petersilienstiele abschneiden und sehr fein zerkleinern. Die Blätter ebenfalls fein hacken und auf einem Teller beiseite stellen.

2 Die Butter erhitzen, aber nicht bräunen. Die Zwiebel, die Petersilienstiele und das Mehl hinzufügen und bei schwacher Hitze unter Rühren etwa 1/2 Minute anrösten. Die Gemüsebrühe langsam dazugießen und aufkochen. Dabei so lange rühren, bis die Suppe glatt ist. Die Suppe zugedeckt bei schwacher Hitze etwa 5 Minuten kochen lassen.

3 Die Pilze, die Hälfte der gehackten Petersilie und die Sahne dazugeben. Die Suppe erhitzen, aber nicht mehr aufkochen. Etwa 3 Minuten ziehen lassen.

4 Die Suppe mit Pfeffer und Muskat abschmecken und mit dem Rest der Petersilie bestreut servieren.

INFO Unverwechselbar würzig und leicht scharf schmeckt Petersilie nur im Sommer, wenn sie genügend Sonne bekommt. Wie jedes Kraut sollte man sie frisch geerntet verwenden, denn sie behält ihr Aroma höchstens zwei Tage. Zum längeren Aufbewahren – etwa für den Winter – friert man sie ein.

Egal, ob Schnittlauch, Borretsch oder Petersilie: Frische Kräuter sind für jede Suppe ein Gewinn.

Kräutersuppe mit Eierflaum

Zutaten für 3 Personen

1 Bund Schnittlauch • 3 frische Borretschblätter (ersatzweise Petersilie) • 3/4 l Gemüsebrühe (Rezept Seite 56 oder natriumarme Instantbrühe) • 1 EL Zitronensaft • 2 Eier frisch gemahlener weißer Pfeffer • frisch geriebene Muskatnuss

Schnell
Kalorienarm
Zubereitungszeit: etwa 15 Minuten

1 Schnittlauch und Borretsch waschen und fein zerkleinern.

2 Die Brühe mit dem Zitronensaft aufkochen.

3 Die Eier mit reichlich Pfeffer und Muskat verquirlen und in die kochende Suppe rühren. Den Topf von der Kochstelle nehmen. Die Suppe auf heißen Tellern verteilen und mit den Kräutern bestreut sofort servieren.

260 kJ/60 kcal
5 g EW, 4 g F,
1 g KH,
50 mg Natrium

Info Statt der Kräuter können Sie auch Blattgemüse nehmen, z. B. Spinat, hauchfein geschnittenen Wirsing, Weißkohl oder Mangold. Gut schmecken auch die Blätter von Radieschen, Rettich und Kohlrabi.

Scharfe Gemüsesuppe mit Exoten

Für Gäste
Gelingt leicht
Zubereitungszeit: etwa 25 Minuten

Zutaten für 4 Personen
1 Stück frische Ananas (etwa 250 g) • 1 Granatapfel
1 kleine Möhre • 1 Frühlingszwiebel • 3/4 l Gemüsebrühe (siehe Seite 56 oder natriumarme Instantbrühe)
1 TL Harissa • 1 EL Röstzwiebeln (fertig gekauft)

218 kJ/52 kcal
1 g EW, 1 g F,
10 g KH,
90 mg Natrium

1 Die Ananas schälen und in kleine Würfel schneiden, den Strunk dabei mitverwenden. Den Granatapfel zerteilen, die Kerne herauslösen. Die Möhre schälen und in dünne Stifte schneiden. Die Frühlingszwiebel waschen, putzen und mit den saftigen grünen Blättern in dünne Ringe schneiden.

2 Die Brühe erhitzen, Harissa, Ananas und Gemüse dazugeben. Einmal aufkochen und bei starker Hitze etwa 1 Minute kochen lassen. Die Granatapfelkerne untermischen und noch einmal erhitzen.

3 Die Suppe in vorgewärmten Schalen mit den Röstzwiebeln bestreut servieren.

Spanien trägt ihn im Wappen, Städte sind nach ihm benannt, er gilt als Symbol für Liebe, Blut, Leben und Tod – keine andere Frucht hat die Phantasie der Menschen so angeregt wie der Granatapfel.

INFO Zum Auslösen der Samen den Granatapfel über eine Schüssel halten und vom Kelch zum Stiel in Segmenten einschneiden. Die Schale abziehen, damit das Fruchtinnere frei liegt, die Samen mit einem Löffel herausholen. Oder: Den Kelchansatz des Granatapfels keilförmig herausschneiden, den Apfel über einer Schüssel auseinanderbrechen, und die Samen mit einem Löffel herausholen. Aufgeschnittene Granatäpfel müssen Sie innerhalb eines Tages verbrauchen, weil das Fruchtinnere rasch austrocknet. Achtung beim Vorbereiten: Saftspritzer machen auf Kleidung und Küchentüchern sehr hartnäckige braune Flecken.

Kichererbsensuppe mit Gemüse

Zutaten für 4 Personen
2 EL Sonnenblumenöl • 1 Zwiebel • 1 TL getrocknetes Bohnenkraut • 1 kleine Dose Kichererbsen • 1 Paket tiefgekühlte Erbsen und Möhren (450 g) • 1 l Gemüsebrühe (Rezept Seite 56 oder natriumarme Instantbrühe) • 1 Bund Schnittlauch • 1/4 TL streng natriumarmes Salz • fein gemahlener Pfeffer • 50 g frisch geriebener Parmesankäse

Schnell
Kaliumreich
Zubereitungszeit: etwa 15 Minuten

1 Das Öl erhitzen. Die Zwiebel abziehen, halbieren, in Ringe schneiden und bei schwacher bis mittlerer Hitze in etwa 5 Minuten goldbraun und halbweich anbraten; dabei mehrmals wenden.

2 Das Bohnenkraut, die abgetropften Kichererbsen und das Gemüse zugeben und kurz andünsten. Die Brühe zugießen, die Suppe aufkochen und zugedeckt bei schwacher Hitze etwa 5 Minuten garen, bis das Gemüse bissfest weich ist. Den Schnittlauch in Röllchen schneiden.

3 Die Suppe mit Salz und Pfeffer abschmecken und auf vorgewärmte Teller verteilen. Mit Schnittlauch und Käse bestreut servieren.

1460 kJ/347 kcal
13 g EW, 15 g F,
25 g KH,
520 mg Natrium

INFO Kichererbsen stammen aus Vorderasien und zählen in Indien, Mexiko und einigen Mittelmeerländern zu den Hauptnahrungsmitteln. Ihr Nährwert entspricht etwa dem anderer Hülsenfrüchte: Sie sind reich an pflanzlichem Eiweiß, liefern viele Mineralstoffe, Vitamine und Ballaststoffe. Wie alle Hülsenfrüchte enthalten auch Kichererbsen Kohlenhydrate und Ballaststoffe in günstiger Verbindung für Diabetiker. Durch langsamen und gleichmäßigen Abbau bei der Verdauung bleibt der Blutzuckerspiegel im Lot.

Kalte Gemüsesuppe

Ohne tierisches Fett
Kalorienreich
Zubereitungszeit: etwa 45 Minuten

Zutaten für 4 Personen

1 Gemüsezwiebel • 2 Knoblauchzehen • 2 Fleischtomaten
1 kleine Salatgurke • 1 rote Paprikaschote • 2 EL gemischte Kräuter (Petersilie, Thymian, Basilikum und Oregano)
3/4 l natriumarmer Gemüsesaft (Reformhaus oder Naturkostladen) • 1/2 TL streng natriumarmes Salz • fein gemahlener Pfeffer • 4 EL Olivenöl • 2 Scheiben feines Weizenvollkornbrot (etwa 120 g) • 50 g Pinienkerne

1286 kJ/307 kcal
8 g EW, 19 g F,
25 g KH,
200 mg Natrium

1 Die Zwiebel und die Knoblauchzehen abziehen und grob zerteilen. Die Tomaten abziehen, die Gurke schälen, quer halbieren, die Stücke der Länge nach vierteln, die Kerne entfernen. Die Paprikaschote waschen, vierteln, Trennwände und Kerne entfernen.

2 Jeweils 1/4 dieser Gemüsesorten als Suppeneinlage beiseite stellen. Den Rest mit Zwiebel, Knoblauch und Kräutern im Mixer pürieren, dabei den Gemüsesaft zugießen.

3 Die Suppe mit Salz, Pfeffer und 1 Esslöffel Öl abschmecken und zugedeckt etwa 30 Minuten kühlen.

4 Inzwischen das übrig behaltene Gemüse getrennt in kleine Würfel schneiden und auf Teller geben.

5 Das Vollkornbrot würfeln und im restlichen Öl bei schwacher Hitze in etwa 15 Minuten knusprig anbraten, dabei mehrmals wenden. Mit den Pinienkernen auf 2 Teller geben und als Einlage zur Suppe servieren.

INFO Kalte Suppen trennen sich beim Kühlen manchmal. Deshalb vor dem Servieren mit einem Schneebesen oder Pürierstab noch einmal kräftig durchrühren.

Gemüsesuppe mit Curry

Zutaten für 4 Personen
250 g Porree • 1 Knoblauchzehe • 1 EL Maiskeimöl
je 1/2 TL Gelbwurz (Kurkuma), Kreuzkümmel (Kumin), gemahlener Koriander, Ingwerpulver und Safranfäden
Cayennepfeffer • 3/4 l Gemüsebrühe (Rezept Seite 56 oder natriumarme Instantbrühe) • 1 EL gemischte Kräuter
2 kleine Tomaten • 2 kleine Zucchini • 1 EL Schmand oder Crème fraîche

Gelingt leicht
Zubereitungszeit: etwa 20 Minuten

1 Den Porree waschen, putzen und mit den saftigen grünen Blättern in dünne Ringe schneiden. Die Knoblauchzehe abziehen und gründlich zerdrücken.
2 Das Öl erhitzen, Porree und Knoblauch darin und unter ständigem Wenden bei schwacher bis mittlerer Hitze etwa 1 Minute anbraten. Die Gewürze zugeben und unter weiterem Rühren einige Sekunden rösten.
3 Die Brühe zugießen, einmal aufkochen, und die Suppe zugedeckt bei schwacher Hitze 5 Minuten kochen. Die Kräuter hacken.
4 Die Tomaten abziehen und würfeln, die Zucchini waschen, putzen und in dünne Stifte schneiden. Das Gemüse in die Suppe geben und einmal kräftig aufkochen. Die Kräuter und den Schmand untermischen und die Suppe sofort servieren.

367 kJ/87 kcal
3 g EW, 5 g F,
7 g KH,
50 mg Natrium

INFO Achten Sie beim Kauf aufs Etikett: Salzreduzierte Gemüsebrühe muss mit einem entsprechenden Vermerk auf der Packung versehen sein. Die Würfel enthalten eine Mischung aus Knoblauch, Basilikum, Dill, Petersilie und anderen würzigen Kräutern aus kontrolliert-ökologischem Anbau.

Die salzreduzierte Gemüsebrühe bekommen Sie in vielen Geschmacksvarianten in Naturkostläden und Reformhäusern.

Hauptgerichte

Salzarm essen heißt nicht Diät halten oder auf fade Gesundheitskost umsteigen. So können Sie Gewohntes genießen und Neues kosten. Vegetarisches genau wie Fisch und Fleisch, sahnige Saucen mit vielen Kräutern, knusprige Gemüseaufläufe und edle Gratins, Leichtes aus der Asienküche und beliebte mediterrane Köstlichkeiten, die Ernährungswissenschaftler empfehlen und Feinschmecker preisen.

Pellkartoffeln mit Kräutersauce

Zutaten für 3 Personen

1 kg neue Kartoffeln • 1 Ei • 50 g gemischte Kräuter (Basilikum, Kerbel, Estragon, Zitronenmelisse, Petersilie und Schnittlauch) • 300 g Magerjoghurt • 200 g Crème fraîche • 2 EL Zitronensaft • 1 TL natriumarmer Senf 1/4 TL streng natriumarmes Salz • frisch gemahlener weißer Pfeffer • 1 TL Maiskeimöl

1 Die Kartoffeln gründlich waschen und in wenig Wasser mit der Schale zugedeckt bei mittlerer Hitze weich kochen. Das kann je nach Größe der Kartoffeln 15 bis 25 Minuten dauern.

2 Das Ei in sprudelnd kochendem Wasser in etwa 8 bis 10 Minuten hart kochen. Abschrecken, pellen und hacken.

3 Die Kräuter waschen, trocknen und fein zerkleinern. Mit dem Ei, Joghurt, Crème fraîche, Zitronensaft, Senf, Salz, Pfeffer und Öl vermischen. Die Sauce zu den gekochten Kartoffeln servieren.

Gelingt leicht
Zubereitungszeit: etwa 35 Minuten

2400 kJ/570 kcal
15 g EW, 31 g F,
59 g KH,
132 mg Natrium

Nudelsalat mit Tofucroûtons und Pilzen

Braucht etwas Zeit
Zubereitungszeit: etwa 45 Minuten

2300 kJ/550 kcal
17 g EW, 32g F,
50 g KH,
45 mg Natrium

Zutaten für 4 Personen

250 g Hörnchennudeln • 3 EL Olivenöl • 250 g Tofu
150 g Champignons • 1 EL Zitronensaft • 300 g Tomaten
1 grüne Paprikaschote • je 1 kleines Bund Basilikum und Schnittlauch • 1 EL Essig • 200 g Crème fraîche
2 EL Magerjoghurt • 2 TL natriumarmer Senf • 2 TL streng natriumarmes Salz • frisch gemahlener schwarzer Pfeffer

1 Die Nudeln in reichlich sprudelnd kochendem Wasser bissfest kochen, abgießen, abtropfen lassen und ganz heiß in einer Schüssel mit 1 Esslöffel Öl vermischen.

2 Während die Nudeln kochen, den abgetropften Tofu würfeln. Das restliche Öl erhitzen. Den Tofu darin bei mittlerer Hitze unter häufigem Wenden etwa 5 Minuten anbraten, bis er leicht gebräunt ist.

3 Die Pilze putzen, blättrig schneiden und mit Zitronensaft vermischen. Die Tomaten waschen und würfeln, die Stielansätze herausschneiden. Die Paprikaschote waschen, vierteln und in feine Streifen schneiden. Basilikum und Schnittlauch waschen und fein zerkleinern.

4 Alle diese Zutaten und den Tofu mit den Nudeln vermischen. Das Tofubratöl darunter mischen.

5 Essig mit Crème fraîche, Joghurt und Senf verrühren und mit dem Salat vermischen. Den Nudelsalat mit Salz und reichlich Pfeffer abschmecken.

INFO Olivenöl schützt Herz und Kreislauf und wirkt daher gegen Arteriosklerose. Tofu ist frei von Cholesterin, Zitronensaft und Paprikaschoten liefern Vitamin C.

Reissalat mit Rindfleisch

Zutaten für 4 Personen

150 g Parboiled Reis • 1/4 l Wasser • 1 Rumpsteak (etwa 180 g) frisch gemahlener schwarzer Pfeffer • 2 EL Erdnussöl 2 EL Zitronensaft • 250 g Tomaten • 1 Bund Frühlingszwiebeln • 1/2 TL streng natriumarmes Salz

Raffiniert
Gelingt leicht
Zubereitungszeit: etwa 40 Minuten

1200 kJ/290 kcal
13 g EW, 10 g F,
33 g KH,
41 mg Natrium

1 Den Reis mit Wasser aufkochen und zugedeckt bei schwächster Hitze in etwa 20 Minuten körnig weich garen.

2 Inzwischen das Rumpsteak mit Pfeffer würzen. Das Öl erhitzen. Das Fleisch darin auf beiden Seiten bei starker Hitze knapp 1 Minute anbraten und bei schwacher bis mittlerer Hitze auf jeder Seite etwa 3 Minuten braten, bis es gerade eben durch ist. Aus der Pfanne nehmen und lauwarm abkühlen lassen.

3 Den gegarten Reis im Bratöl schwenken und zusammen mit Zitronensaft in eine Schüssel geben.

4 Die Tomaten waschen und würfeln, die Stielansätze herausschneiden. Die Frühlingszwiebeln waschen, putzen und in feine Ringe schneiden. Das Rumpsteak in dünne Streifen schneiden.

5 Alle diese Zutaten mit dem Reis vermischen. Den Salat mit Salz abschmecken und sofort servieren.

Parboiled Reis ist reich an Vitaminen und Mineralstoffen.

INFO Bei der Herstellung von Parboiled Reis wird den Reiskörnern in einem Vakuumbehälter Luft entzogen. Danach weicht man sie in heißem Wasser ein, damit sich die Vitamine und Mineralstoffe aus den Außenschichten des Reiskorns lösen. Mit Hochdruck werden die gelösten Vitamine und Mineralstoffe in das Innere der Körner gepresst.

Marinierter Fisch mit Sherry

Raffiniert
Kaliumreich
Zubereitungszeit: etwa 40 Minuten

1000 kJ/240 kcal
23 g EW, 11 g F, 12 g KH, 106 mg Natrium

Zutaten für 3 Personen

1 unbehandelte Zitrone • 1 kleine Zwiebel • 1 Bund Petersilie • 1/8 l Wasser • 300 g Goldbarschfilet • 300 g Tomaten • 1 grüne Paprikaschote • 2 Frühlingszwiebeln • 1/2 Kopf Romanasalat • 1 Bund Dill • 2 EL Kerbel • 2 EL trockener Sherry • 1 TL streng natriumarmes Salz • Cayennepfeffer • 2 EL Sonnenblumenöl

1 Ein etwa 10 Zentimeter langes Stück Zitronenschale dünn abschneiden. Die Zitrone auspressen. Die Zwiebel abziehen.

2 Das Wasser aufkochen. Zitronenschale, Saft, Petersilie, Zwiebel und Fisch hinzufügen und zugedeckt bei schwächster Hitze 6 Minuten ziehen lassen. Den Fisch dabei einmal wenden. Im Sud abkühlen lassen.

3 Das Gemüse, den Salat und die Kräuter waschen. Tomaten und Paprikaschote würfeln, Frühlingszwiebeln in feine Ringe schneiden, Salat in Stücke zupfen und die Kräuter hacken. Alles in einer Schüssel mischen.

4 Den Fisch aus dem Sud nehmen, in mundgerechte Stücke teilen. Zitronenschale, Petersilie und Zwiebel wegwerfen.

5 Den Fischsud mit Sherry, Salz, Cayennepfeffer und Öl verrühren.

6 Die Hälfte der Sauce mit den Salatzutaten mischen. Den Salat auf Portionsteller verteilen. Die Fischstücke darauf anrichten, mit dem Rest der Sauce beträufeln.

INFO Kräuter wie Dill und Kerbel, Schnittlauch und Petersilie, auch Gemüseblättchen wie Sellerie- und Fenchelgrün würzen durch ihren hohen Gehalt an ätherischen Ölen und enthalten reichlich Kalium.

Geflügelsalat

Zutaten für 4 Personen

250 g Putenbrust • 1 1/2 TL streng natriumarmes Salz Cayennepfeffer • 4 EL Distelöl • 3 EL Wasser • 3 EL Zitronensaft • 1 EL Sahne • 1 Salatgurke • 1 Bund Radieschen 1 großes Bund Schnittlauch • 1 EL beliebige gehackte Nusskerne

Gelingt leicht
Kaliumreich
Zubereitungszeit: etwa 45 Minuten

1 Die Putenbrust mit der Hälfte des Salzes und mit Cayennepfeffer einreiben.

2 1 Esslöffel Öl erhitzen. Das Fleisch darin bei mittlerer Hitze auf jeder Seite etwa 6 Minuten braten, bis es gerade eben durch ist. Herausnehmen und lauwarm abkühlen lassen.

3 Für das Dressing Wasser und Zitronensaft in die Pfanne geben und den Bratfond damit lösen. Diese Flüssigkeit in eine Schüssel geben. Das restliche Salz, die Sahne und das restliche Öl darunter mischen.

4 Die Salatgurke schälen und zum Dressing in die Schüssel raspeln. Die Radieschen in Scheiben schneiden, das Fleisch würfeln, den Schnittlauch fein schneiden.

5 Alle Zutaten miteinander vermischen und mit gehackten Nüssen bestreuen.

900 kJ/210 kcal
18 g EW, 14 g F,
5 g KH,
51 mg Natrium

Geflügel darf nicht rosa gebraten sein: Machen Sie vor dem Servieren die Garprobe.

INFO Gurke, Radieschen und Schnittlauch schmecken nur im Frühsommer und Sommer. Sonst nehmen Sie lieber Feldsalat, Möhren und fein geraspelten Sellerie für den Salat. Gewürzt wird mit kräftigem Dressing und tiefgefrorenen Kräutern. Für die Garprobe mit einer Spicknadel in den dicksten Teil des Fleischs stechen. Wenn nur klarer Saft austritt, können Sie das Putenbrustfilet servieren oder weiterverwenden.

Spitzkohlsalat mit Lamm

Raffiniert
Für Gäste
Zubereitungszeit: etwa 1 Stunde und 30 Minuten

Zutaten für 4 Personen
250 g Lammfleisch (Keule) • 1/2 unbehandelte Zitrone 1 Knoblauchzehe • 1 großes Bund Petersilie • 4 EL Olivenöl 1 EL beliebiges Nussöl • 1 Kopf Spitzkohl (etwa 1 kg) 1/8 l Gemüsebrühe (Rezept Seite 56 oder natriumarme Instantbrühe) • 3 EL milder Wein- oder Obstessig 1 TL natriumarmer Senf • 1 TL streng natriumarmes Salz • frisch gemahlener weißer Pfeffer • 1 EL beliebige gehackte Nusskerne

1400 kJ/330 kcal
16 g EW, 26 g F,
11 g KH,
82 mg Natrium

1 Das Fleisch trockentupfen. Die Zitronenschale sehr dünn abschneiden und fein hacken. Die Zitrone auspressen. Den Knoblauch abziehen und mit den abgeschnittenen Petersilienstielen ebenfalls fein zerkleinern.

2 Die zerkleinerten Zutaten, den Zitronensaft, 1 Esslöffel Olivenöl und das Nussöl auf einem tiefen Teller vermischen. Das Fleisch in diese Marinade legen und zugedeckt im Kühlschrank ziehen lassen, bis der Salat zubereitet ist. Dabei die Lammkeule einmal wenden.

3 Den Spitzkohl halbieren, die welken äußeren Blätter entfernen, den Strunk herausschneiden. Den Kohl waschen, trockentupfen, fein hobeln und in eine Schüssel geben.

4 Für die Salatsauce die Gemüsebrühe aufkochen und lauwarm abkühlen lassen. Essig, Senf, 1/2 Teelöffel Salz und das restliche Olivenöl darunter rühren. Den Spitzkohl mit der Salatsauce mischen und ziehen lassen.

5 Das Fleisch aus der Marinade nehmen. Den Knoblauch, die Zitronenschale und die Petersilienstiele abstreifen.

Wer salzarm essen will, braucht auf Fleisch nicht zu verzichten: Lammfleisch auf Spitzkohlsalat.

6 Eine Pfanne ohne Fett erhitzen, das Fleisch hat durch die Marinade genügend Fett bekommen. Das Fleisch darin bei starker Hitze auf jeder Seite etwa 1/2 Minute anbraten. Dann bei mittlerer Hitze auf jeder Seite 15 Minuten braten, bis es gerade eben durchgegart ist.

7 Das Fleisch herausnehmen, mit dem restlichen Salz und mit Pfeffer würzen und etwa 5 Minuten ruhen lassen.

8 Die Nüsse in die Pfanne geben, bei mittlerer Hitze unter ständigem Rühren etwa 1 Minute rösten. Die Petersilienblätter fein hacken.

9 Den Salat auf Portionsteller anrichten. Die Nüsse und die Petersilie darüber streuen. Das Fleisch quer zur Faser in Scheiben schneiden und auf den Salat legen. Dazu passen Pellkartoffeln oder natriumarmes Vollkornbrot.

Spitzkohl gibt es im Frühsommer. Die Weißkohlsorte mit schlanken, spitz zulaufenden Köpfen und zarten Blättern eignet sich ganz fein geschnitten wunderbar für Salate und Rohkost.

Avocados mit Krabben

Kaliumreich
Raffiniert
Zubereitungszeit: etwa 20 Minuten

Zutaten für 4 Personen
2 reife Avocados • 2 EL Zitronensaft • 2 EL gemischte Kräuter (Dill, Kerbel, Zitronenmelisse, Borretsch, Petersilie und Gartenkresse) • 250 g Krabben • 150 g Magerjoghurt 50 g Crème fraîche • 2 TL streng natriumarmes Salz Cayennepfeffer

1500 kJ/360 kcal 16 g EW, 30 g F, 4 g KH, 121 mg Natrium

1 Die Avocados halbieren, die Kerne herauslösen. Das Fruchtfleisch mit einem Teelöffel so herausstechen, dass die Schalen dabei nicht beschädigt werden.

2 Das Avocadofleisch zerkleinern und mit Zitronensaft in einer Schüssel vermischen. Die Kräuter fein hacken.

3 Etwa 2/3 der Kräuter, die Krabben, Joghurt, Crème fraîche, Salz und 1 kräftige Prise Cayennepfeffer zum Avocadofleisch geben und alles vermischen. Die Mischung in die Avocadoschalen füllen. Die Avocados mit dem Rest der Kräuter bestreuen.

Bohnensalat mit Nussbroten

Gut vorzubereiten
Zubereitungszeit: etwa 1 Stunde und 45 Minuten (und etwa 6 Stunden Quellzeit)

Zutaten für 4 Personen
100 g getrocknete rote Bohnen • 300 ml Wasser • 1 Zweig frischer Rosmarin • 200 g Frühlingszwiebeln • 1 grüne Paprikaschote • 400 g Tomaten • 2 EL milder Obstessig 1 1/2 TL streng natriumarmes Salz • frisch gemahlener weißer Pfeffer • 3 EL Olivenöl • 1 Bund Basilikum • 1 Knoblauchzehe • 2 Bund Petersilie • 50 g beliebige Nusskerne 1 EL Zitronensaft • 80 g weiche Butter • Cayennepfeffer 4 Scheiben Vollkornbrot

1 Die Bohnen mit Wasser übergießen und zugedeckt etwa 6 Stunden quellen lassen.

2 Dann mit dem Einweichwasser und dem Rosmarin aufkochen und zugedeckt bei schwacher Hitze in 1 bis 1 1/2 Stunden gerade eben weich garen. Die Bohnen mit der Garflüssigkeit in eine Schüssel geben und lauwarm abkühlen lassen.

3 Den Backofen auf 220 °C (Umluft 180 °C, Gas Stufe 4 bis 5) vorheizen.

4 Die Frühlingszwiebeln waschen, putzen und in dünne Ringe schneiden. Die Paprikaschote waschen, putzen und in Streifen schneiden. Die Tomaten waschen und würfeln, die Stielansätze herausschneiden.

5 Alle diese zerkleinerten Zutaten, Essig, Salz, 1 kräftige Prise Pfeffer und Öl zu den Bohnen geben und vermischen. Das Basilikum grob zerkleinern und darüber streuen.

6 Für die Nussbrötchen den abgezogenen Knoblauch, die Petersilie und die Nüsse im Blitzhacker sorgfältig zerkleinern. Zitronensaft und Butter darunter mischen, mit Cayennepfeffer würzen und auf die Brotscheiben streichen.

7 Die Brote auf einem Blech etwa 15 Minuten backen, bis sie leicht gebräunt sind. Zum Bohnensalat servieren.

Info Salatsaucen können Sie auf Vorrat zubereiten: 3 Esslöffel Essig mit 1 Esslöffel Senf und 9 Esslöffeln Öl kräftig verrühren und mit Salz und Pfeffer würzen. Nach Wunsch 1 zerdrückte Knoblauchzehe und/oder 1 sehr fein gehackte Zwiebel untermischen. In einem Schraubglas im Kühlschrank hält sich diese Sauce etwa 1 Woche. Kräuter gibt man unmittelbar vor dem Servieren zum Salat.

2100 kJ/500 kcal
15 g EW, 32 g F,
39 g KH,
170 mg Natrium

Variante

2 kleine Dosen weiße Riesenbohnen mit je 1 Bund grob zerkleinerten gemischten Kräutern, Rucola, Balsamessig, Olivenöl, Salz und Pfeffer mischen. 2 Kartoffeln in kleine Würfel schneiden, in Öl weich und knusprig braten und heiß auf dem Salat anrichten.

Steckrüben mit Kartoffelfrikadellen

Preiswert
Braucht etwas Zeit
Zubereitungszeit: etwa 1 Stunde und 15 Minuten

2200 kJ/520 kcal
15 g EW, 27 g F, 56 g KH, 61 mg Natrium

Zutaten für 4 Personen

800 g mehlig kochende Kartoffeln • 1 Steckrübe (etwa 1 kg) 1 große Zwiebel • 1 Knoblauchzehe • 1 getrocknete rote Pfefferschote • 100 g Weizenvollkornmehl • 1 kleines Ei 1 TL streng natriumarmes Salz • frisch gemahlener weißer Pfeffer • frisch geriebene Muskatnuss • 1 EL Butter 3 EL Öl • 1/8 l Gemüsebrühe (Rezept Seite 56 oder natriumarme Instantbrühe) • 1 Bund Schnittlauch • 100 g Crème fraîche • 1 Eigelb • Mehl zum Formen

1 Die Kartoffeln waschen und mit der Schale in wenig Wasser zugedeckt bei mittlerer Hitze weich kochen. Das dauert je nach Größe 15 bis 25 Minuten. Abgießen, etwas ausdämpfen lassen, schälen, fein zerdrücken und abkühlen lassen.

2 Inzwischen die Steckrübe schälen, waschen und würfeln. Die Zwiebel und den Knoblauch abziehen und fein hacken. Die Pfefferschote waschen, halbieren, von den brennend scharfen Kernen befreien und fein zerkleinern.

3 Das Kartoffelpüree mit dem Mehl, dem Ei, der halben Salzmenge sowie je 1 kräftigen Prise Pfeffer und Muskat verkneten. Die Hände in Mehl tauchen und aus dem Teig 12 flache Frikadellen formen.

4 Die Hälfte der Butter und 1 Esslöffel Öl erhitzen. 6 Frikadellen darin bei schwacher bis mittlerer Hitze etwa 10 Minuten braten, bis sich an der Unterseite eine Kruste gebildet hat. Wenden und weitere 5 Minuten braten.

5 Herausnehmen und im Backofen bei 50 °C warm halten. Die zweite Portion Frikadellen in der übrigen Butter und 1 weiteren Esslöffel Öl ebenso braten.

6 Das restliche Öl erhitzen. Die Steckrübenwürfel, die Zwiebel, den Knoblauch und die Pfefferschote darin bei mittlerer Hitze anbraten. Die Brühe dazugießen. Die Rüben aufkochen und zugedeckt bei schwacher Hitze in etwa 7 Minuten bissfest garen. Mit dem restlichen Salz und mit Pfeffer würzen.

7 Die Rüben mit einem Schaumlöffel so herausnehmen, dass möglichst viel Flüssigkeit für die Sauce im Topf bleibt. Die Rüben ebenfalls im Backofen warm halten, bis die Sauce zubereitet ist. Den Schnittlauch in Röllchen schneiden.

8 Die Crème fraîche mit dem Eigelb verrühren und zu der Garflüssigkeit geben. Mit den Quirlen des Handrührgeräts bei mittlerer Schaltstufe zu einer schaumigen Sauce aufschlagen. Die Sauce mit Muskat abschmecken und über den Steckrüben verteilen. Zum Schluss Schnittlauch darüber streuen.

Verarbeiten Sie den fertigen Kartoffelteig gleich, denn bei längerem Stehen wird er zu feucht zum Formen.

INFO Steckrüben sind ein preiswertes Wintergemüse, das Sie beim Gemüsehändler oder auf dem Markt bekommen. Im Sommer nehmen Sie stattdessen Kohlrabi, Zucchini oder grüne Bohnen. Diese Gemüse sind ebenfalls natriumarm.

Damit Kartoffelteig sich gut verarbeiten lässt, sollten Sie die Kartoffeln immer nur mit einer Gabel oder dem Kartoffelstampfer zerdrücken, aber nicht im Blitzhacker oder Mixer pürieren, sonst werden sie glitschig.

INFO Greifen Sie ohne Bedenken zu, wenn es Kartoffeln als Hauptgericht gibt: 100 Gramm der eiweiß- und vitaminreichen Knollen liefern nur 75 Kilokalorien, tragen mit etwa 15 Gramm Kohlenhydraten aber wesentlich zu unserem Tagesbedarf von etwa 300 Gramm Kohlenhydraten bei.

Schollen mit Tomaten und Zwiebeln

Schnell
Kalorienarm
Zubereitungszeit: etwa 1 Stunde

Zutaten für 4 Personen

4 Schollen (je etwa 200 g) • 2 EL Zitronensaft • 2 TL streng natriumarmes Salz • frisch gemahlener schwarzer Pfeffer 1 kg Tomaten • 1 Bund Frühlingszwiebeln • 2 Knoblauchzehen • 1/8 l trockener Rotwein • 1 großes Bund Basilikum

760 kJ/180 kcal
25 g EW, 2 g F,
11 g KH,
150 mg Natrium

1 Die Schollen innen und außen unter fließendem kaltem Wasser abspülen und mit Küchenpapier trockentupfen. Die Fische einige Male einschneiden, mit Zitronensaft beträufeln, mit Salz und Pfeffer würzen und ziehen lassen.

2 Die Tomaten abziehen und in Scheiben schneiden, dabei die Stielansätze herausschneiden. Die Frühlingszwiebeln waschen, putzen und fein zerkleinern. Die Knoblauchzehen abziehen und hacken.

3 Eine ofenfeste Form mit der Hälfte der Tomaten auslegen. Frühlingszwiebeln und Knoblauch darüber verteilen. Die Schollen darauf legen und mit Tomaten bedecken. Den Rotwein rundherum an den Seiten dazugießen.

4 Die Schollen in den kalten Backofen (Mitte) stellen und bei 200 °C (Umluft 180 °C, Gas Stufe 4) etwa 30 Minuten garen. Das Basilikum fein hacken und unmittelbar vor dem Servieren über das Gericht streuen.

Die Scholle – eine der bekanntesten Plattfischarten – stammt vorwiegend aus Nord- und Ostsee. Am besten schmeckt sie im Mai.

Info Bei Frühlingszwiebeln, aber auch bei Lauch sollten Sie nicht nur das Weiße verwenden, wie oft empfohlen wird, sondern auch möglichst viele grüne Blätter. Denn das saftige Grün enthält besonders viel Magnesium – gut für Muskeln und Nerven.

Spargel mit Eier-Dill-Sauce

Zutaten für 2 Personen
2 Eier • 1 kg weißer Spargel • 3 TL streng natriumarmes Salz • 1 kleine Zwiebel • 1 großes Bund Dill • 1/8 l Milch 20 g Butter • 20 g Mehl • 50 g Crème fraîche • 1 TL natriumarmer Senf • frisch gemahlener schwarzer Pfeffer

Kaliumreich
Zubereitungszeit: etwa 1 Stunde und 15 Minuten

1500 kJ/360 kcal
20 g EW, 27 g F,
19 g KH,
132 mg Natrium

1 Die Eier in sprudelnd kochendem Wasser in etwa 8 Minuten hart kochen. Inzwischen den Spargel von oben nach unten schälen, von den holzigen Stielenden befreien und waschen.
2 Etwa 1 Liter Wasser mit 2 Teelöffeln Salz zum Kochen bringen. Den Spargel zugedeckt darin bei mittlerer Hitze etwa 15 Minuten garen.
3 Die Zwiebel abziehen, den Dill waschen, und beides getrennt fein hacken. Die Eier abgießen, kalt abschrecken, pellen und hacken.
4 Den Spargel mit einem Schaumlöffel herausnehmen, auf heißen Tellern anrichten und zugedeckt warm halten, bis die Sauce fertig ist.
5 1/4 der Spargelbrühe mit der Milch vermischen.
6 Die Butter zerlassen, aber nicht bräunen. Die Zwiebel darin bei schwacher Hitze glasig anbraten. Das Mehl darüber stäuben und unter Rühren etwa 1/2 Minute anrösten. Die Spargelbrühe mit der Milch langsam dazugießen und dabei ständig rühren. Die Sauce aufkochen und rühren, bis sie glatt und sämig ist. Zugedeckt bei schwacher Hitze 10 Minuten kochen lassen.
7 Crème fraîche, Eier, Dill und Senf darunter mischen und erhitzen, aber nicht mehr aufkochen. Die Sauce mit Salz und Pfeffer abschmecken und über den Spargel gießen.

Grüne Klöße mit Mangoldgemüse

Raffiniert
Preiswert
Zubereitungszeit: etwa 1 Stunde und 30 Minuten

Zutaten für 4 Personen
100 g Roggenvollkornbrot • 100 g gemischte Kräuter (Petersilie, Schnittlauch und Majoran) • 300 g Mehl
1 TL streng natriumarmes Salz • etwa 50 ml Wasser
4 Eier • 2 kg Mangold • 1 kleine Zwiebel • 2 Knoblauchzehen • 2 EL Sonnenblumenöl • 200 g Sahne
1/8 l Gemüsebrühe (Rezept Seite 56 oder natriumarme Instantbrühe) • frisch gemahlener weißer Pfeffer
1 EL Zitronensaft • 2 EL beliebige gehackte Nusskerne

3100 kJ/ 740 kcal
29 g EW, 33 g F,
82 g KH,
570 mg Natrium

1 Für die Klöße das Brot in etwa fingerdicke Scheiben schneiden, kräftig toasten und würfeln. Die Kräuter waschen, trockentupfen und fein zerkleinern.

2 Das Mehl mit Salz, Wasser, den Eiern, dem Brot und den Kräutern zu einem zähflüssigen Teig vermischen.

3 Den Mangold waschen, putzen, trockentupfen und fein zerkleinern. Die Zwiebel und den Knoblauch abziehen und hacken.

4 Reichlich Wasser zum Kochen bringen. Aus dem Teig mit angefeuchteten Händen Klöße formen, in das Wasser geben, einmal aufkochen und im offenen Topf bei schwächster Hitze in etwa 10 Minuten gar ziehen lassen.

5 Das Öl erhitzen. Die Zwiebel darin bei schwacher Hitze unter Rühren glasig anbraten. Knoblauch, Mangold, Sahne und Gemüsebrühe hinzufügen, aufkochen und zugedeckt bei mittlerer Hitze 5 Minuten garen.

6 Das Gemüse mit Pfeffer und Zitronensaft abschmecken. Die Klöße aus dem Wasser nehmen, abtropfen lassen und mit dem Gemüse auf Tellern anrichten. Mit Nüssen bestreuen.

Ein Klassiker wird wieder entdeckt: Mangold war mehrere Jahrzehnte lang in unseren Küchen kaum zu finden. Jetzt ist das spinatähnliche Gemüse wieder in aller Munde.

INFO Die Haupterntezeit für Mangold dauert von Mai bis Mitte September. Meist können Sie zwischen zwei Sorten wählen: Schnittmangold mit zarten Blättern und dünnen Stielen oder Stielmangold mit besonders fleischigen Stielen. Am besten zerkleinern Sie auch die Stiele möglichst fein. Dann brauchen Sie nämlich nicht Stiele und Blätter gesondert dünsten. Dabei bleibt das Gemüse etwas knackiger, als Sie es vielleicht bisher gewohnt waren, doch das kommt dem Geschmack und dem Vitamin- und Mineralstoffgehalt zugute.

Man kann einen Probekloß 5 Minuten garen. Wenn er zu weich ist, fügen Sie noch 1 bis 2 Esslöffel Mehl zum Kloßteig hinzu.

Graupen mit Kohlrabi

Preiswert
Gelingt leicht
Zubereitungszeit: etwa 45 Minuten

2100 kJ/500 kcal
15 g EW, 18 g F, 71 g KH, 43 mg Natrium

Zutaten für 3 Personen

1 Knoblauchzehe • 300 g Graupen • 1 EL Olivenöl 3/4 l Gemüsebrühe (Rezept Seite 56 oder natriumarme Instantbrühe) • 500 g Kohlrabi • 1 Frühlingszwiebel 1 Bund Dill • 100 g Crème fraîche • 1 TL streng natriumarmes Salz • frisch gemahlener schwarzer Pfeffer • frisch geriebene Muskatnuss • 2 EL Zitronensaft

1 Den Knoblauch abziehen und zerdrücken. Die Graupen kalt abspülen und abtropfen lassen.

2 Das Öl erhitzen. Den Knoblauch und die Graupen darin bei mittlerer Hitze unter Rühren etwa 2 Minuten anbraten.

3 Die Brühe hinzugießen, einmal aufkochen und die Graupen zugedeckt bei schwacher Hitze etwa 20 Minuten garen.

4 Die Kohlrabi schälen und grob raspeln. Alle zarten Kohlrabiblättchen waschen und hacken. Die Frühlingszwiebel waschen, putzen und fein zerkleinern. Den Dill hacken.

5 Den Kohlrabi, die gehackten Blätter und die Hälfte der Frühlingszwiebel zu den Graupen geben, erneut aufkochen und zugedeckt etwa 5 Minuten kochen lassen.

6 Die Crème fraîche dazugeben. Die Graupen mit Salz, Pfeffer, Muskat und Zitronensaft abschmecken. Den Rest der Frühlingszwiebel und den Dill darüber streuen.

INFO Graupen sind polierte Gerstenkörner, die weniger Vitamine, Ballast- und Mineralstoffe als ganze Gerstenkörner aufweisen. Dafür sind sie leicht verdaulich und wirken außerdem durch bestimmte Schleimstoffe beruhigend auf einen gereizten Magen.

Gemüse mit gebratenen Äpfeln

Zutaten für 2 Personen

1 kleiner Kopf Weißkohl (etwa 400 g) • 1 Kohlrabi (etwa 250 g) • 200 g Möhren • 1 kleine Zwiebel • 400 g säuerliche Äpfel (Boskop oder Cox Orange) • 2 EL Zitronensaft 1 EL Distelöl • 150 g Sahne • 1/2 TL streng natriumarmes Salz • Cayennepfeffer • 1 TL Kümmelkörner • 1 EL Butter 1 großes Bund Petersilie

Gelingt leicht
Zubereitungszeit: etwa 45 Minuten

1 Den Weißkohl vierteln, von den welken äußeren Blättern befreien, waschen und fein hobeln. Den Kohlrabi und die Möhren schälen und würfeln. Die zarten Kohlrabiblättchen waschen und fein zerkleinern. Die Zwiebel abziehen und hacken.

2 Die Äpfel waschen und in fingerdicke Scheiben schneiden. Das Kerngehäuse entfernen. Die Apfelscheiben mit der Hälfte des Zitronensafts beträufeln.

3 Das Öl in einem großen Topf erhitzen. Das zerkleinerte Gemüse und die Zwiebel darin bei mittlerer Hitze unter Rühren etwa 3 Minuten anbraten. Sahne, Salz, Cayennepfeffer und Kümmel darunter mischen. Das Gemüse einmal aufkochen und zugedeckt bei schwacher Hitze in etwa 10 Minuten bissfest garen.

4 Die Butter erhitzen. Die Apfelscheiben bei schwacher bis mittlerer Hitze etwa 3 Minuten anbraten. Den restlichen Zitronensaft dazugießen, die Äpfel wenden und weitere 2 bis 3 Minuten schmoren, bis sie gerade eben weich sind. Zum Schluss die Petersilie hacken und mit den Kohlrabiblättchen unter das Gemüse mischen. Mit den Äpfeln auf Tellern anrichten.

2400 kJ/570 kcal
9 g EW, 41 g F,
42 g KH,
130 mg Natrium

Statt Kohl können Sie auch Fenchel verwenden. Reichen Sie Kartoffeln, Reis oder Hirse dazu.

Fisch in Kräutersauce

Schnell
Gelingt leicht
Zubereitungszeit: etwa 30 Minuten

Zutaten für 3 Personen

2 EL gemischte Kräuter (Petersilie, Kerbel, Dill, Estragon und Zitronenmelisse) • 200 g Crème fraîche • 1/8 l Milch Saft und etwas abgeriebene Schale von 1 kleinen, unbehandelten Zitrone • 1 TL streng natriumarmes Salz • Cayennepfeffer • 600 g Kabeljaufilets

1800 kJ/430 kcal
38 g EW, 29 g F,
6 g KH,
226 mg Natrium

1 Den Backofen auf 220 °C (Umluft 200 °C, Gas Stufe 4 bis 5) vorheizen.

2 Für die Sauce die Kräuter waschen, trockentupfen und fein hacken.

3 Die Kräuter mit Crème fraîche, Milch, Zitronensaft und -schale, Salz und 1 kräftigen Prise Cayennepfeffer verrühren.

4 Den Fisch in eine ofenfeste Form legen, die so groß sein sollte, dass die Filets nebeneinander darin Platz haben. Die Kräutercreme darüber verteilen.

5 Den Fisch in den Backofen (Mitte) stellen und etwa 15 Minuten garen. Dazu passen Pellkartoffeln oder Reis.

Putengeschnetzeltes mit Zucchini und Pilzen

Für Gäste
Zubereitungszeit: etwa 45 Minuten (und etwa 3 Stunden Quellzeit)

Zutaten für 2 Personen

1/2 Päckchen getrocknete Spitzmorcheln (etwa 10 g) 100 ml Wasser • 300 g kleine Zucchini • 3 Frühlingszwiebeln • 100 g frische Shiitakepilze (ersatzweise Champignons) • 1 Knoblauchzehe • 1 Bund Petersilie 250 g Putenbrust • 2 EL Öl • 1 EL Zitronensaft 1 TL streng natriumarmes Salz • frisch gemahlener schwarzer Pfeffer • 2 EL saure Sahne

1 Die Spitzmorcheln in etwas Wasser zugedeckt etwa 3 Stunden lang einweichen.

2 Die Pilze herausnehmen und in einem Sieb kalt abspülen. Das Einweichwasser durch eine Kaffeefiltertüte gießen, um Sandreste aufzufangen. Das Wasser beiseite stellen.

3 Die Zucchini waschen, von den Stiel- und Blütenansätzen befreien und in dünne Stifte schneiden. Die Frühlingszwiebeln waschen, putzen und in dünne Ringe schneiden. Die Stiele der Shiitakepilze abschneiden, die Hüte in Streifen schneiden. Den Knoblauch abziehen und mit der Petersilie fein hacken. Das Fleisch quer zu den Fasern in dünne Streifen schneiden.

4 1 Esslöffel Öl erhitzen. Das Fleisch darin bei mittlerer bis starker Hitze unter ständigem Wenden anbraten, bis es sich weiß färbt. Herausnehmen und auf einen Teller geben.

5 Den Rest des Öls in der Pfanne erhitzen. Die eingeweichten Morcheln, die Zucchinistifte, die Frühlingszwiebeln, die Shiitakepilze oder Champignons, den Knoblauch und etwa die Hälfte der Petersilienblätter in die Pfanne geben und bei mittlerer Hitze unter ständigem Wenden etwa 2 Minuten anbraten, bis die Frühlingszwiebelröllchen intensiv grün sind.

6 Das Wasser der Pilze, den Zitronensaft, Salz und Pfeffer hinzufügen und einmal aufkochen. Das Fleisch darunter mischen, und alles bei starker Hitze einige Male umrühren, bis das Fleisch heiß ist.

7 Das Putengeschnetzelte auf vorgewärmten Tellern anrichten und auf jede Portion 1 Esslöffel saure Sahne setzen. Den Rest der Petersilienblätter darüber streuen. Dazu passen Pellkartoffeln, Nudeln oder Reis und Salat.

1300 kJ/310 kcal
36g EW, 14 g F,
8 g KH,
86 mg Natrium

Reste von Pilzgerichten sollten nur einige Stunden im Kühlschrank aufbewahrt und dann rasch wieder erhitzt werden.

Sprossen, Knoblauch, Chinakohl – für das schnelle, vitaminschonende Anbraten eignet sich am besten ein Wok.

Tofu mit Sprossen

Kalorienarm
Zubereitungszeit: etwa 1 Stunde

1090 kJ/260 kcal
11 g EW, 21 g F, 6g KH, 24 mg Natrium

Zutaten für 4 Personen

1 kg Chinakohl • 2 Knoblauchzehen • 200 g Sojasprossen
250 g Tofu • 1 Stück frischer Ingwer • 4 EL Sonnenblumenöl
50 g beliebige gehackte Nusskerne • 3 EL Wasser
1 1/2 TL streng natriumarmes Salz • Cayennepfeffer
1 1/2 EL Zitronensaft

1 Den Chinakohl waschen und in feine Streifen schneiden. Die Knoblauchzehen abziehen und zerdrücken. Die Sojasprossen kalt abspülen und abtropfen lassen. Den Tofu würfeln, die Ingwerwurzel schälen und fein zerkleinern.

2 1 Esslöffel Öl erhitzen. Den Chinakohl und den Knoblauch bei mittlerer Hitze unter Rühren anbraten, bis der Kohl bissfest ist. Beiseite stellen.

3 Die Sprossen in 1 weiteren Esslöffel Öl 1 Minute anbraten. Zum Chinakohl geben.

4 Das restliche Öl in der Pfanne erhitzen. Den Tofu darin bei mittlerer Hitze unter Wenden braten, bis er eine Kruste hat.
5 Den Kohl und die Sprossen wieder dazugeben. Gehackte Nusskerne, Ingwer und Wasser hinzufügen. Alles bei starker Hitze heiß werden lassen. Mit Salz, Cayennepfeffer und Zitronensaft abschmecken.

Gemüseauflauf

Zutaten für 4 Personen
500 g Zucchini • 1 Bund Frühlingszwiebeln • 250 g Sauerkraut • 2 Knoblauchzehen • 5 Zweige Majoran 100 ml Milch • 60 g Mehl • 1/2 TL streng natriumarmes Salz fein gemahlener Pfeffer • 1 TL Paprikapulver oder Paprikaflocken • 2 Eier • 200 g Pizzakäse

Kalorienreich
Zubereitungszeit: etwa 30 Minuten

1 Die Zucchini und die Frühlingszwiebeln waschen und putzen. Die Zucchini würfeln, die Zwiebeln in feine Ringe schneiden. Das Sauerkraut grob zerschneiden. Die Knoblauchzehen abziehen und hacken, den Majoran fein zerkleinern.
2 Die Milch mit Mehl, Salz, Pfeffer und Paprika kräftig verrühren. Die Eier trennen. Die Eigelbe unter die Mehlmischung rühren. Die Zucchini, die Zwiebelringe, das Sauerkraut, den Knoblauch und den Majoran untermischen.
3 Eiweiß steif schlagen. Zusammen mit dem Käse unter die Auflaufmischung heben.
4 Den Auflauf in einer ofenfesten Form mit mittelhohem Rand glatt streichen und in den kalten Backofen stellen. Bei 180 °C (Umluft 160 °C, Gas Stufe 2 bis 3) etwa 45 Minuten backen.

1482 kJ/354 kcal
24 g EW, 20 g F,
18 g KH,
430 mg Natrium

Polentaschnitten mit Gemüse

Ohne tierisches Fett
Braucht Zeit
Zubereitungszeit: etwa 1 Stunde (und etwa 12 Stunden Ruhezeit)

2100 kJ/500 kcal
13 g EW, 24 g F, 57 g KH, 43 mg Natrium

Zutaten für 3 Personen

1/2 l Gemüsebrühe (Rezept Seite 56 oder natriumarme Instantbrühe) • 175 g Maisgrieß (Polenta) • 2 1/2 TL streng natriumarmes Salz • 1 Ei • 6 EL Öl • 400 g Zucchini 300 g Tomaten • je 1 rote und grüne Paprikaschote 1 Gemüsezwiebel • 2 Knoblauchzehen • 1 Bund Thymian 1 Bund Schnittlauch • Cayennepfeffer

1 Die Gemüsebrühe aufkochen. Den Topf von der Herdplatte nehmen. Den Maisgrieß in die Brühe rühren. Wieder auf die Kochstelle setzen und die Polenta zugedeckt bei schwacher Hitze etwa 15 Minuten garen.

2 Die Polenta lauwarm abkühlen lassen. 1/2 Teelöffel Salz und das Ei mit einer Gabel darunter mischen.

3 Eine Kuchenplatte von etwa 30 mal 12 Zentimeter mit 1 Teelöffel Öl einpinseln. Die Polenta darauf glatt streichen und über Nacht trocknen lassen.

4 Für das Gemüse die Zucchini waschen, von den Stiel- und Blütenansätzen befreien und in etwa fingerdicke Scheiben schneiden. Die Tomaten abziehen und achteln, dabei die Stielansätze herausschneiden. Die Paprikaschoten waschen, vierteln, von den Trennwänden und den Kernen befreien und in Stücke schneiden. Die Zwiebel und die Knoblauchzehen abziehen und grob hacken. Den Thymian waschen, die Blättchen trockentupfen und abstreifen.

5 Die Polenta in etwa 6 mal 6 Zentimeter große Quadrate schneiden. 2 weitere Esslöffel Öl erhitzen. Die Polentastücke darin bei mittlerer Hitze auf jeder Seite etwa 2 Minuten braten.

6 Das Gemüse mit dem gewaschenen Thymian und dem restlichen Öl aufkochen und zugedeckt bei schwacher Hitze in etwa 5 Minuten gerade eben bissfest garen.

7 Den Schnittlauch fein schneiden. Mit dem Gemüse vermischen, alles mit Salz und Cayennepfeffer abschmecken und zu den Polentaschnitten servieren.

Forellen mit Zitrone und Knoblauch

Zutaten für 2 Personen

2 Forellen (je etwa 300 g) • 1 TL streng natriumarmes Salz • frisch gemahlener weißer Pfeffer • 1 unbehandelte Zitrone • 2–3 Knoblauchzehen • 1 großes Bund Petersilie 3 EL Olivenöl

Raffiniert
Kaliumreich
Zubereitungszeit: etwa 30 Minuten

1500 kJ/360 kcal
37 g EW, 21 g F,
5g KH,
80 mg Natrium

1 Die Forellen unter fließendem kaltem Wasser waschen, trockentupfen und nur innen mit Salz und Pfeffer würzen.

2 Die Zitrone waschen und abtrocknen. Ein etwa 10 Zentimeter langes Stück Schale dünn abschneiden und fein hacken. Die Zitrone auspressen. Den Knoblauch abziehen und hacken. Die Petersilie waschen, trockenschwenken und ebenfalls hacken.

3 Das Öl erhitzen. Die Forellen nebeneinander hineinlegen und bei mittlerer Hitze auf jeder Seite etwa 2 Minuten anbraten, bis die Haut leicht gebräunt ist.

4 Die Zitronenschale, den Saft, den Knoblauch und etwa 2/3 der Petersilie um die Forellen verteilen. Alles zugedeckt bei schwacher Hitze etwa 10 Minuten garen. Mit dem Rest Petersilie bestreut und mit Bratöl beträufelt anrichten.

Süßsaures Gemüse

Ohne tierisches Fett
Kalorienarm
Zubereitungszeit: etwa 45 Minuten (und etwa 3 Stunden Quellzeit)

1200 kJ/290 kcal
8 g EW, 15 g F,
32 g KH,
67 mg Natrium

Zutaten für 4 Personen

1 Stück frischer Ingwer • 100 g gemischtes Trockenobst 1/8 l Wasser • 4 EL milder Obst- oder Weinessig 200 g Möhren • 200 g Zucchini • 2 grüne Paprikaschoten 300 g Tomaten • 1 Gemüsezwiebel • 1 säuerlicher Apfel (Cox Orange oder Boskop) • 3 EL Erdnussöl • Cayennepfeffer • 50 g Erdnusskerne • 1 Bund Petersilie

1 Die Ingwerwurzel schälen, waschen und fein zerkleinern. Mit dem getrockneten Obst, Wasser und Essig in eine Schüssel geben und zugedeckt bei Zimmertemperatur etwa 3 Stunden ziehen lassen.

2 In der Zwischenzeit die Möhren schälen, die Zucchini waschen und von den Stiel- und Blütenansätzen befreien. Beide Gemüse in Stifte schneiden. Die Paprikaschoten waschen, vierteln, von den weißen Trennwänden und den Kernen befreien und in Streifen schneiden. Die Tomaten abziehen und achteln, die Zwiebel abziehen und grob zerkleinern. Den Apfel gründlich waschen, vierteln, vom Kerngehäuse befreien und in Stücke schneiden.

3 Das Öl erhitzen. Das Gemüse, die Zwiebel und die Apfelstücke darin bei mittlerer Hitze unter ständigem Rühren etwa 5 Minuten anbraten.

4 Das eingeweichte Obst mit der Flüssigkeit dazugeben. Mit 1 kräftigen Prise Cayennepfeffer würzen, einmal aufkochen und zugedeckt etwa 1 Minute kochen lassen. Die Erdnüsse und die Petersilie hacken.

5 Das Gemüse auf heißen Tellern anrichten. Die Erdnüsse und die Petersilie darüber streuen. Dazu passt Reis.

INFO Süßsaures Gemüse ist eine Spezialität der asiatischen und der makrobiotischen Küche. Alles, was Sie süßsauer zubereiten können, eignet sich besonders gut für natriumarme Ernährung, denn bei allen diesen Gerichten fällt gar nicht auf, wenn Sie nur wenig oder überhaupt kein Salz verwenden.

Kartoffelgratin mit Morcheln

Zutaten für 2 Personen
1/2 Päckchen getrocknete Spitzmorcheln (etwa 10 g)
100 ml Milch • 200 g Sahne • 600 g mehlig kochende Kartoffeln • 1 TL streng natriumarmes Salz • frisch gemahlener weißer Pfeffer • 1 EL Butter

1 Die Morcheln in der Milch zugedeckt etwa 3 Stunden einweichen. Die Pilze herausnehmen und in einem Sieb kalt abspülen. Die Milch durch eine Kaffeefiltertüte gießen, um Sandreste aufzufangen, und mit Sahne mischen.

2 Die Kartoffeln schälen, waschen, in dünne Scheiben hobeln. Die Kartoffelscheiben und die Pilze in einer ofenfesten Form mit niedrigem Rand verteilen und mit Salz und Pfeffer würzen.

3 Die Milch-Sahne-Mischung über die Kartoffeln und die Pilze gießen. Die Butter in kleine Stücke teilen, und diese gleichmäßig darauf verteilen.

4 Das Gratin in den kalten Backofen (Mitte) stellen und bei 200 °C (Umluft 180 °C, Gas Stufe 3 bis 4) etwa 45 Minuten backen. Das Gratin ist fertig, wenn die Kartoffeln weich sind, die Flüssigkeit aufgesogen und die Oberfläche schön gebräunt ist.

Braucht etwas Zeit
Zubereitungszeit: etwa 1 Stunde und 15 Minuten (und etwa 3 Stunden Quellzeit)

2600 kJ/620 kcal
10 g EW, 42 g F, 52 g KH, 85 mg Natrium

Huhn mit Zucchini und Tomatenreis

Raffiniert
Kaliumreich
Zubereitungszeit: etwa 1 Stunde

Zutaten für 4 Personen
750 g Zucchini • 2 Hühnerbrüstchen (je etwa 200 g)
1 Zwiebel • 1 Knoblauchzehe • 1/2 unbehandelte Zitrone
1 Bund Schnittlauch • 200 g Naturlangkornreis
300 ml Gemüsebrühe (Rezept Seite 56 oder natriumarme Instantbrühe) • 250 g Tomaten • 1 EL Erdnussöl • 1 TL Butter
1 TL streng natriumarmes Salz • 100 g Sahne

1300 kJ/310 kcal
31 g EW, 14 g F,
37 g KH,
86 mg Natrium

1 Die Zucchini waschen, putzen und in knapp fingerdicke Scheiben schneiden. Die Hühnerbrüstchen häuten, von den Knochen lösen und quer zu den Fasern in Streifen schneiden.

2 Die Zwiebel und den Knoblauch abziehen und fein hacken. Die Zitronenschale dünn abschneiden und hacken. Die Zitrone auspressen. Den Schnittlauch fein schneiden.

3 Den Reis mit der Gemüsebrühe aufkochen und zugedeckt bei schwächster Hitze etwa 30 Minuten garen.

4 Die Tomaten abziehen und würfeln. Unter den Reis mischen und weitere 15 Minuten garen.

5 Das Öl in einer Pfanne erhitzen. Die Fleischstreifen darin bei mittlerer bis starker Hitze unter Wenden etwa 3 Minuten anbraten, bis sie leicht gebräunt sind. Auf einem Teller beiseite stellen.

6 Die Butter in die Pfanne geben. Die Zucchinischeiben, die Zwiebel, den Knoblauch und die Zitronenschalen hinzufügen und alles bei mittlerer bis starker Hitze unter Rühren etwa 2 Minuten anbraten.

7 Das Fleisch, Zitronensaft, Salz und Sahne dazugeben und unter Rühren erhitzen, aber nicht mehr aufkochen. Mit Schnittlauch bestreut zum Tomatenreis servieren.

Tofu-Gemüse-Curry

Zutaten für 3 Personen

250 g Tofu • 3 EL Zitronensaft • 250 g Bulgur • 1/2 l Gemüsebrühe (Rezept Seite 56 oder natriumarme Instantbrühe) 1 Zwiebel • 1 frische grüne Pfefferschote • 2 EL Erdnussöl 1 EL Currypulver • 1 Paket tiefgekühlte Erbsen und Möhren (450 g) • 400 ml Kokosmilch (siehe Info Seite 109) 1/2 Bund Petersilie • 50 g beliebige gehackte Nusskerne

Ohne tierisches Fett
Zubereitungszeit: etwa 30 Minuten

1 Den Tofu würfeln und mit 1 Esslöffel Zitronensaft vermischt ziehen lassen, bis die anderen Zutaten vorbereitet sind.

2 Den Bulgur mit der Brühe aufkochen und zugedeckt in etwa 20 Minuten garen.

3 Die Zwiebel abziehen und fein hacken. Die Pfefferschote putzen, die Kerne entfernen und die Schote in feine Streifen schneiden.

4 Das Öl erhitzen, das Currypulver darin bei schwacher Hitze unter Rühren anrösten. Die Zwiebeln, die Pfefferschote und den Tofu zugeben und bei starker Hitze unter ständigem Wenden anbraten, bis der Tofu gleichmäßig gelb ist.

5 Das Gemüse, den restlichen Zitronensaft und die Kokosmilch zugeben, aufkochen und zugedeckt bei schwacher Hitze etwa 5 Minuten garen, bis das Gemüse gerade eben bissfest ist. Die Petersilie hacken und untermischen. Den Bulgur mit den gehackten Nüssen vermischen und mit dem Gemüse anrichten.

2906 kJ/693 kcal
24 g EW, 29 g F,
84 g KH,
290 mg Natrium

INFO Bulgur, auch Bulghur oder Burghul genannt, ist eine typische Zutat der Küchen des Nahen und Mittleren Ostens und bei uns durch die vollwertige und vegetarische Küche bekannt geworden.

Bulgur ist grob vermahlener, vorgekochter Weizen, gart besonders schnell und schmeckt wie Reis zu allen Gerichten mit Sauce.

Schellfisch mit Gemüse

Kaliumreich
Zubereitungszeit: etwa 1 Stunde

Zutaten für 4 Personen

500 g Tomaten • 300 g Möhren • 1 Fenchelknolle (etwa 200 g) • 1 Bund Frühlingszwiebeln • 1 Stück Schellfisch (etwa 800 g) • 3 TL streng natriumarmes Salz • frisch gemahlener schwarzer Pfeffer • 1 kleine, unbehandelte Zitrone • 1 großes Bund Petersilie • 1 EL Olivenöl • 1/8 l trockener Weißwein (ersatzweise Wasser und 1 EL Zitronensaft) 50 g Butter

**1500 kJ/360 kcal
38 g EW, 14 g F,
14 g KH,
327 mg Natrium**

1 Die Tomaten abziehen und würfeln, dabei die Stielansätze herausschneiden. Die Möhren schälen und in dünne Stifte schneiden. Den Fenchel halbieren, waschen, vom Strunk befreien und in dünne Streifen schneiden. Die Frühlingszwiebeln waschen, putzen und fein zerkleinern.

2 Den Fisch auf die Arbeitsfläche legen und trockentupfen. Mit 2 Teelöffeln Salz und mit Pfeffer einreiben. Die Zitrone heiß waschen und abtrocknen. Die Schale etwa zur Hälfte dünn abschneiden und fein hacken. Die Zitrone auspressen. Die Petersilienstiele abschneiden und mit der Zitronenschale in die Bauchöffnung des Fischs geben. Die Hälfte des Zitronensafts über den Fisch träufeln.

3 Das Öl in einem Schmortopf erhitzen. Die Möhren, den Fenchel und die Frühlingszwiebeln darin bei mittlerer Hitze etwa 1 Minute unter Rühren anbraten. Die Tomaten darunter mischen, und alles mit dem restlichen Salz würzen.

4 Den Fisch auf das Gemüse legen. Den Weißwein rundherum dazugießen. Den Topf schließen, und den Fisch bei mittlerer Hitze etwa 15 Minuten garen.

Gesundheit aus dem Meer: Der Genuss von Kaltwasserfischen schützt erwiesenermaßen vor Herzinfarkt.

5 Den Fisch herausnehmen und auf eine vorgewärmte Platte legen. Das Gemüse mit einem Schaumlöffel so herausnehmen, dass möglichst viel Flüssigkeit und ein Teil der Tomaten im Topf bleiben. Das Gemüse um den Fisch verteilen und alles warm halten.

6 Die Butter in Flöckchen teilen und in die Sauce geben. Mit den Quirlen des Handrührgeräts bei mittlerer Schaltstufe aufschlagen, bis eine dickflüssige Sauce entsteht.

7 Die Petersilie sehr fein hacken und unter die Sauce mischen. Die Sauce mit dem restlichen Zitronensaft abschmecken.

8 Die Sauce über den Fisch gießen oder gesondert dazu reichen. Dazu passen Kartoffeln.

Beachten Sie beim Kauf: Frischer Fisch riecht kaum, sein Fleisch ist fest und elastisch, seine Augen stehen prall hervor.

INFO Nehmen Sie am besten das Schwanzstück vom Schellfisch: Es schmeckt für dieses Gericht am besten. Gut geeignet sind auch Forellen oder – die etwas teurere – Lotte. Wenn Sie weniger Butter essen wollen, schlagen Sie die Sauce nicht auf, sondern mischen Sie 1 oder 2 Esslöffel Crème fraîche unter das Gemüse.

Hirseklöße mit Sauerkraut und Tomatensauce

Kaliumreich
Zubereitungszeit: etwa 50 Minuten

1619 kJ/387 kcal
12 g EW, 15 g F,
49 g KH,
430 mg Natrium

Zutaten für 5 Personen

200 g Hirse • 450 ml Gemüsebrühe (Rezept Seite 56 oder natriumarme Instantbrühe) • 500 g Sauerkraut • 3 Zwiebeln • 2 säuerliche Äpfel • 2 EL Zitronensaft • 500 g Tomaten 2 Salbeiblättchen • 1/4 Bund Petersilie • 3 EL Öl • 1 Lorbeerblatt • 1/8 l naturtrüber Apfelsaft • 1/4 TL streng natriumarmes Salz • fein gemahlener Pfeffer • 2 Eier • 40 g Mehl 1 Bund Schnittlauch • 2 EL Crème fraîche

1 Die Hirse mit der Gemüsebrühe einmal aufkochen und zugedeckt bei schwacher Hitze 30 Minuten garen. Lauwarm abkühlen lassen.

2 Das Sauerkraut abtropfen lassen. Die Zwiebeln abziehen und hacken. Äpfel vierteln, schälen, entkernen, würfeln und mit Zitronensaft mischen. Die Tomaten abziehen und würfeln, Salbei und Petersilie hacken.

3 1 Esslöffel Öl erhitzen. Etwa 1/3 der Zwiebeln darin bei mittlerer Hitze glasig anbraten. Das Sauerkraut, das Lorbeerblatt, den Apfelsaft, Salz und Pfeffer hinzufügen, einmal aufkochen und zugedeckt bei schwacher Hitze 20 Minuten garen. Die Äpfel darunter mischen und weitere 10 Minuten garen.

4 Reichlich Wasser zum Kochen bringen. Die Hirse mit den Eiern, einem weiteren Drittel der Zwiebel, der Petersilie, dem Mehl und Salz mischen. Mit angefeuchteten Händen 10 Klöße formen, in das Wasser geben, einmal aufkochen und im offenen Topf bei schwächster Hitze in etwa 15 Minuten gar ziehen lassen. Den Schnittlauch in feine Röllchen schneiden.

5 Im restlichen Öl den Rest der Zwiebel glasig anbraten. Tomaten und Salbei zugeben und unter ständigem Rühren bei starker Hitze 5 Minuten anbraten. Die Crème fraîche darunter mischen. Mit Salz und Pfeffer abschmecken.

6 Die Klöße mit einem Schaumlöffel aus dem Wasser nehmen, abtropfen lassen und auf vorgewärmte Teller legen. Das Sauerkraut daneben anrichten. Die Klöße mit der Sauce überziehen und mit den Schnittlauchröllchen bestreuen.

Kürbisgratin

Zutaten für 4 Personen
1,2 kg Kürbis • 1 große Zwiebel • 1 Knoblauchzehe
1/4 l kalte Gemüsebrühe (Rezept Seite 56 oder natriumarme Instantbrühe) • 200 g Schlagsahne • 1 TL gemahlener Koriander • 1 TL Ingwerpulver • Cayennepfeffer
100 g Semmelbrösel • 100 g Gratinkäse

Schnell
Kaliumreich
Zubereitungszeit: etwa 25 Minuten

1 Den Kürbis schälen. Die Kerne mit den zähen Fasern herauskratzen. Den Kürbis waschen, trockentupfen und grob raspeln. Die Zwiebeln und den Knoblauch abziehen, fein hacken und mit dem Kürbis vermischen. In einer Gratinform verteilen.

2 Die Brühe mit Sahne, Koriander, Ingwer und 1 kräftigen Prise Cayennepfeffer verquirlen und über den Kürbis gießen. Semmelbrösel und Käse darüber streuen.

3 Das Gratin in den kalten Backofen stellen und bei 220 °C (Umluft 180 °C, Gas Stufe 4 bis 5) etwa 45 Minuten backen, bis es an der Oberfläche schön gebräunt ist.

1613 kJ/384 kcal
13 g EW, 24 g F,
29 g KH,
210 mg Natrium

Hummerkrabben mit Zuckerschoten und Spargel

Raffiniert
Zubereitungszeit: etwa 40 Minuten

Zutaten für 2 Personen
8 Hummerkrabbenschwänze • 3 EL Zitronensaft
100 g Zuckerschoten • 3 Stangen grüner Spargel
1 Schalotte • 2 Knoblauchzehen • 3 EL Öl • 100 ml Fischfond (Glas) • 1 EL Reiswein (Sake) oder trockener Sherry
1 TL streng natriumarmes Salz • fein gemahlener Pfeffer

1332 kJ/318 kcal
22 g EW, 19 g F, 12 g KH, 510 mg Natrium

1 Die Hummerkrabbenschwänze aus den Schalen lösen, den schwarzen Darm am Rücken entfernen. Jeden Krabbenschwanz in 3 Stücke schneiden. Die Stücke mit Zitronensaft mischen.

2 Die Zuckerschoten und die Spargelstangen waschen. Die Stiel- und Blütenansätze der Zuckerschoten und die holzigen Enden der Spargelstangen abschneiden. Den Spargel schräg in etwa fingerbreite Stücke schneiden. Die Schalotte und den Knoblauch abziehen und möglichst fein hacken.

3 Das Öl erhitzen. Schalotte und Knoblauch darin bei schwacher Hitze glasig anbraten. Zerkleinertes Gemüse zugeben und bei starker Hitze unter Rühren etwa 1 Minute anbraten.

4 Den Fischfond zugeben und einmal aufkochen. Das Gemüse zugedeckt bei schwacher Hitze in etwa 7 Minuten bissfest garen.

5 Die Hummerkrabben zugeben und bei starker Hitze unter ständigem Rühren 1 bis 2 Minuten schmoren, bis sie rundherum rosa gefärbt sind.

6 Mit Reiswein oder trockenem Sherry, Salz und Pfeffer abschmecken und sofort servieren. Zu diesem Gericht passen Reis oder Baguette und Salat.

Fischgulasch mit Koriander

Zutaten für 4 Personen
1 Bund Frühlingszwiebeln • 2 große Tomaten • 100 g Salatgurke • 800 g Fischfilet • 3 EL Öl • 1 TL streng natriumarmes Salz • fein gemahlener Pfeffer • 3 EL Crème fraîche 1/2 Bund Koriandergrün

Gelingt leicht
Kaliumreich
Zubereitungszeit: etwa 30 Minuten

1367 kJ/327 kcal
42 g EW, 15 g F, 5 g KH,
190 mg Natrium

1 Die Frühlingszwiebeln waschen, putzen und mit allen saftigen grünen Blättern in feine Ringe schneiden. Die Tomaten abziehen und würfeln. Die Salatgurke schälen, der Länge nach vierteln, die Kerne entfernen und das Fruchtfleisch in feine Scheiben schneiden. Den Fisch in gulaschgroße Würfel schneiden.

2 Die Zwiebeln im heißen Öl glasig anbraten. Zuerst die Tomaten, dann die Gurken und zuletzt den Fisch darauf legen. Salz und Pfeffer über den Fisch streuen. Alles im offenen Topf erhitzen, bis die Tomaten zu schmoren beginnen. Die Crème fraîche darauf verteilen.

3 Den Fisch zugedeckt bei schwacher Hitze in etwa 8 Minuten garen. Inzwischen den Koriander waschen, trockentupfen und fein schneiden. Unmittelbar vor dem Servieren unter das Fischgulasch mischen. Dazu passen Pellkartoffeln oder Wildreis.

INFO Frisches Koriandergrün gibt es in Asienläden und in gut sortierten Gemüseläden. Die Blätter müssen Sie mit einem scharfen Messer ganz sauber schneiden, dann riecht und schmeckt das Kaut wunderbar würzig. In der Kräutermühle zerkleinert oder gehackt, entwickelt es sich eher unangenehm und macht seinem Spitznamen »Wanzenkraut« alle Ehre.

Für das Gulasch eignen sich Fische mit festem Fleisch wie Kabeljau oder Rotbarsch. Frisch ist das Filet, wenn es glasig aussieht und die Ränder nicht eingetrocknet sind.

Geschnetzeltes mit Tomatensauce

Kaliumreich
Zubereitungszeit: etwa 35 Minuten

920 kJ/220 kcal
21 g EW, 12 g F,
7 g KH,
90 mg Natrium

Zutaten für 4 Personen

500 g Tomaten • 2 mittelgroße Möhren • 2 dünne Stangen Porree • 300 g Hähnchenbrustfilet • 2 EL Öl • 2 EL Kräuter der Provence • 100 g Crème fraîche • 1 TL streng natriumarmes Salz • fein gemahlener Pfeffer

1 Die Tomaten abziehen und in kleine Stücke schneiden. Die Möhren schälen und in Stifte schneiden. Den Porree waschen, putzen und mit allen saftigen grünen Blättern in dünne Ringe schneiden. Das Fleisch kalt abspülen, trocknen und in Streifen schneiden.

2 Das Öl erhitzen. Das Fleisch darin bei starker Hitze unter ständigem Wenden etwa 3 Minuten braten, bis es leicht braun ist. Auf einen Teller geben und beiseite stellen.

3 Die Möhren, den Porree und die Kräuter in der Pfanne bei mittlerer Hitze unter Rühren etwa 5 Minuten anbraten, bis das Gemüse gerade eben bissfest ist.

4 Das Fleisch, die Tomaten und die Crème fraîche untermischen und kräftig aufkochen. Zugedeckt bei schwacher Hitze etwa 2 Minuten ziehen lassen.

5 Das Geschnetzelte mit Salz und Pfeffer abschmecken und sofort anrichten. Dazu passen Reis und Salat.

INFO So können Sie auch Reste von gegartem Geflügelfleisch zubereiten: mit Gemüse, Tomaten und Kräutern. Wichtig sind vollreife Tomaten, sonst schmeckt die Sauce fade. Im Winter nimmt man geschälte Dosentomaten oder Tomatenstückchen aus der Dose.
Die Mengenangaben sind nur Anhaltspunkte: Wenn Sie mehr Fleischreste haben, nehmen Sie weniger Gemüse.

Hackfleischtopf mit Pilzreis

Zutaten für 3 Personen

300 g Suppengemüse (Porree, Knollensellerie, Möhren und Petersilienwurzel gemischt) • 2 Stangen Staudensellerie 1 Zwiebel • 200 g Champignons • 2 EL Zitronensaft 4 EL Sonnenblumenöl • 250 g Langkornreis • 1/2 l Gemüsebrühe (Rezept Seite 56 oder natriumarme Instantbrühe) 200 g mageres Hackfleisch • 1 TL streng natriumarmes Salz • fein gemahlener Pfeffer • 1 TL Kümmelkörner 100 g Schlagsahne • 2 EL gemischte Kräuter

Braucht etwas Zeit
Zubereitungszeit: etwa 1 Stunde

1 Das Suppengemüse schälen oder putzen und würfeln. Die Sellerieblättchen abschneiden und beiseite legen. Die Selleriestangen waschen und in Stücke schneiden. Die Zwiebel abziehen und hacken.

2 Die Champignons putzen, hacken und mit Zitronensaft mischen.

3 1 Esslöffel Öl erhitzen. Den Reis darin unter Rühren anbraten. Die Gemüsebrühe hinzufügen, aufkochen und den Reis zugedeckt bei schwacher Hitze in etwa 20 Minuten weich garen.

4 Das restliche Öl erhitzen und die Zwiebel darin glasig anbraten. Das Hackfleisch zugeben und krümelig braten. Das Suppengemüse und die Selleriestücke zufügen und unter Rühren einige Sekunden mitbraten. Das Gemüse mit Salz, Pfeffer und Kümmel abschmecken. Die Sahne zugießen, einmal aufkochen und alles zugedeckt bei schwacher Hitze etwa 5 Minuten garen, bis das Gemüse bissfest ist.

5 Die Pilze unter den Reis mischen und kurz erhitzen.

6 Die Sellerieblättchen und die Kräuter hacken und beides unter den Reis mischen.

3080 kJ/736 kcal
25 g EW, 38 g F,
74 g KH,
230 mg Natrium

Reis enthält nur wenig Natrium, dafür aber reichlich Kalium: ungeschälter Naturreis mehr als doppelt so viel wie weißer, geschälter Reis.

Kartoffeln in Kokosmilch mit Puffern

Raffiniert
Braucht etwas Zeit
Zubereitungszeit: etwa 1 Stunde und 30 Minuten

1800 kJ/430 kcal
13 g EW, 17 g F,
57 g KH,
77 mg Natrium

Zutaten für 4 Personen

600 g Zucchini • 80 g Mehl • 2 kleine Eier • 1 TL streng natriumarmes Salz • 1 kg fest kochende Kartoffeln • 1 Zwiebel 1 Knoblauchzehe • 1 grüne Pfefferschote • 5 EL Erdnussöl 1 EL Currypulver • 1 Dose Kokosmilch (165 ml, siehe Info Seite 109) • 1/8 l Gemüsebrühe (Rezept Seite 56 oder natriumarme Instantbrühe) • 1 großes Bund Schnittlauch

1 Zuerst den Teig für die Puffer zubereiten. Die Zucchini waschen, abtrocknen, von den Stiel- und Blütenansätzen befreien und grob raspeln. Mit dem Mehl, den Eiern und dem Salz verrühren und zugedeckt stehen lassen.

2 Die Kartoffeln schälen, waschen und würfeln. Die Zwiebel und den Knoblauch abziehen und fein hacken. Die Pfefferschote halbieren, den Stielansatz und alle Kerne entfernen, die Schotenhälften waschen und in feine Streifen schneiden.

3 1 Esslöffel Öl erhitzen. Die Kartoffeln, die Zwiebel, den Knoblauch und die Pfefferschote darin bei mittlerer Hitze unter Rühren etwa 2 Minuten anbraten.

4 Das Currypulver darunter mischen. Die Kokosmilch und die Gemüsebrühe dazugießen, aufkochen und die Kartoffeln zugedeckt bei schwacher Hitze in etwa 15 Minuten weich garen.

5 Während die Kartoffeln garen, das restliche Öl erhitzen. Die Zucchinipuffer portionsweise darin backen. Pro Puffer jeweils 1 1/2 Esslöffel Zucchiniteig in die Pfanne geben. Die Puffer bei schwacher bis mittlerer Hitze etwa 4 Minuten anbraten.

6 Wenn sie sich leicht vom Pfannenboden lösen lassen, wenden und weitere 3 Minuten anbraten. Die Puffer warm halten.

7 Den Schnittlauch waschen, trockentupfen, in feine Röllchen schneiden und unter die Kartoffeln mischen. Die Kartoffeln und die Zucchinipuffer auf vorgewärmten Tellern anrichten und sofort servieren.

Die Kombination von Pfefferschoten, Currypulver und Kokosmilch bringt so viel Aroma, dass Sie auf Salz völlig verzichten können. Auch Gerichte mit Gemüse oder Geflügel können so zubereitet werden.

INFO Pfefferschoten (Chilischoten) – egal ob grün oder rot, frisch oder getrocknet – sind sehr scharf. Der Grund dafür ist ein bestimmter Inhaltsstoff, das Kapsaizin, der beim Putzen der Schoten sogar an den Fingern haften bleibt. Reiben Sie sich deshalb während des Vorbereitens der Schoten nicht die Augen, und waschen Sie sich gleich danach gründlich die Hände. Bewahren Sie Pfefferschoten grundsätzlich so auf, dass sie für Kinder nicht zugänglich sind.

Vegetarische Küche vom Feinsten: Aus einfachen, preiswerten Zutaten entsteht ein raffiniertes Gericht.

Zucchinigratin

Kalorienreich
Zubereitungszeit: etwa 20 Minuten

Zutaten für 4 Personen

750 g kleine Zucchini • 1 Bund Frühlingszwiebeln
3 Zweige frischer Rosmarin • 75 g gehackte Haselnusskerne • 1/4 TL streng natriumarmes Salz • fein gemahlener Pfeffer • 1/8 l fettarme Milch • 200 g Schmand
200 g Gratinkäse

1886 kJ/450 kcal
20 g EW, 37 g F,
9 g KH,
190 mg Natrium

1 Zucchini und Frühlingszwiebeln waschen, putzen und abtrocknen. Zucchini in Scheiben schneiden, Frühlingszwiebeln mit allen saftigen grünen Blättern in etwa fingerlange Stücke schneiden. Beide Zutaten in eine Gratinform mit niedrigem Rand geben.

2 Den Rosmarin waschen und die Blätter abzupfen. Das Gemüse mit den gehackten Nüssen, Rosmarin, Salz und Pfeffer bestreuen. Die Milch mit dem Schmand verquirlen und darüber gießen. Den Käse darüber streuen.

3 Das Gratin in den kalten Backofen stellen und bei 200 °C (Umluft 180 °C, Gas Stufe 3 bis 4) 30 Minuten backen, bis es schön gebräunt ist.

Nudeln mit Linsen und Mais

Kaliumreich
Kalorienreich-
Zubereitungszeit: etwa 1 Stunde

Zutaten für 4 Personen

1 Zwiebel • 200 g Linsen • 1 EL Öl • 1/2 l Gemüsebrühe (Rezept Seite 56 oder natriumarme Instantbrühe) • 1 Fleischtomate • 1 kleine Dose Zuckermais • 1 Bund Schnittlauch
200 g kurze Nudeln (Gabelspaghetti, Hörnchen, Spirelli)
200 g Crème fraîche • 1/2 TL streng natriumarmes Salz
Cayennepfeffer

1 Die Zwiebel abziehen und fein hacken. Mit den Linsen im heißen Öl bei schwacher Hitze etwa 2 Minuten anbraten. Die Brühe zugießen und aufkochen. Die Linsen zugedeckt bei schwacher Hitze 45 bis 50 Minuten kochen, bis sie weich sind.

2 Die Tomate abziehen und in kleine Würfel schneiden, den Mais auf ein Sieb abgießen und kalt abspülen. Den Schnittlauch fein schneiden. Die Nudeln in reichlich Salzwasser kochen, bis sie gerade eben bissfest sind.

3 Die Tomaten mit dem Mais und der Crème fraîche unter die Linsen mischen, mit Salz und Cayennepfeffer abschmecken. Die Nudeln abgießen, mit dem Linsengemüse und dem Schnittlauch mischen und sofort servieren.

2155 kJ/517 kcal
22 g EW, 15 g F,
71 g KH,
190 mg Natrium

Pellkartoffeln mit bunter Sauce

Zutaten für 2 Personen

500 g kleine neue Kartoffeln • 1 Bund Grüne-Sauce-Kräuter • 400 g Tomaten • 200 g Magerjoghurt • 2 EL Schlagsahne • 2 EL Distelöl • 1 TL streng natriumarmes Salz fein gemahlener Pfeffer

Kaliumreich
Gelingt leicht
Zubereitungszeit: etwa 20 Minuten

1 Die Kartoffeln unter fließendem kaltem Wasser gründlich bürsten und mit der Schale in wenig Salzwasser kochen, bis sie weich sind. Das kann je nach Größe der Kartoffeln 10 bis 15 Minuten dauern.

2 Die Kräuter waschen, trocknen und fein hacken. Die Tomaten abziehen und würfeln. Beide Zutaten mit Joghurt, Sahne und Öl vermischen. Mit Salz und Pfeffer abschmecken. Zu den heißen Kartoffeln servieren.

1540 kJ/367 kcal
11 g EW, 17 g F,
40 g KH,
70 mg Natrium

Nusswaffeln mit Lauchsalat

Für Gäste
Zubereitungszeit: etwa 30 Minuten (und 3 Stunden Kühlzeit)

Zutaten für 4 Personen

750 g dünne Porreestangen • 2 EL Öl • 1/2 TL streng natriumarmes Salz • 1 Prise Zucker • 1/4 l Gemüsebrühe (Rezept Seite 56 oder natriumarme Instantbrühe)
1 EL milder Obstessig • 200 g Weizenschrot • 1/4 l Milch
100 g saure Sahne • 2 Eier • 100 g beliebige fein gemahlene Nusskerne • 2 TL getrockneter Thymian • fein gemahlener Pfeffer • frisch geriebene Muskatnuss
1 Kästchen Gartenkresse • Fett für das Waffeleisen

2476 kJ/591 kcal
19 g EW, 38 g F, 43 g KH, 100 mg Natrium

1 Die Porreestangen waschen, putzen, trocknen und in etwa fingerlange Stücke schneiden.

2 Das Öl erhitzen. Den Porree darin bei mittlerer Hitze unter häufigem Wenden anbraten. Salz, Zucker und Gemüsebrühe zugeben und einmal aufkochen. Den Porree auf der abgeschalteten Kochstelle etwa 3 Minuten ziehen lassen. Den Essig darunter mischen. Zugedeckt 3 Stunden ziehen lassen.

3 Für die Waffeln das Weizenschrot mit der Milch, der Sahne, den Eiern, den Nüssen, dem Thymian, Pfeffer und Muskat verrühren.

4 Die Kresse abschneiden und über den Porreesalat geben.

5 Die Backflächen des Waffeleisens fetten. Jeweils etwa 1 1/2 Esslöffel Teig hineingeben und jede Waffel 3 bis 4 Minuten backen. Die Waffeln heiß oder kalt zum Porreesalat servieren.

Kalorienreich, aber sehr gesund: Nüsse liefern viel ungesättigte Fettsäuren, Eiweiß, reichlich Vitamine und Mineralstoffe, vor allem Kalium und Kalzium.

INFO Die Waffeln eignen sich gut für die Gästebewirtung: Teig und Salat können Sie vorab zubereiten, die Waffeln werden dann gemeinsam bei Tisch gebacken und jedem Gast direkt aus dem Waffeleisen serviert.

Bohnenfrikadellen mit Fencheljoghurt

Zutaten für 4 Personen

2 Dosen weiße Bohnenkerne (Einwaage je 400 g)
1 Bund Suppengrün • 1 Bund Bohnenkraut oder Petersilie
50 g Nusskerne • 1 Zwiebel • 1 Knoblauchzehe • 1 Ei
1/4 TL streng natriumarmes Salz • Cayennepfeffer
2 EL Öl • 2 Fenchelknollen • 1 Bund Dill • 300 g Magerjoghurt • 100 g Crème fraîche

Kaliumreich
Zubereitungszeit: etwa 40 Minuten

1 Die Bohnen abtropfen lassen, das Suppengrün waschen und putzen, das Bohnenkraut waschen. Alle diese Zutaten und die Nüsse im Blitzhacker pürieren.

2 Die Zwiebel und die Knoblauchzehe abziehen, fein hacken und mit dem Bohnenpüree mischen. Das Ei, die halbe Menge Salz und Cayennepfeffer unterrühren. Den Teig durchkneten, bis er bindet, und 12 Frikadellen daraus formen.

3 Das Öl erhitzen. Die Bohnenfrikadellen darin bei mittlerer Hitze auf jeder Seite etwa 4 Minuten braten.

4 Währenddessen die Fenchelknollen halbieren, waschen, Strunk herausschneiden. Die Fenchelhälften und den Dill fein zerkleinern. Mit Joghurt und Crème fraîche mischen, mit dem restlichen Salz und Cayennepfeffer abschmecken und zu den heißen Frikadellen servieren.

1720 kJ/410 kcal
21 g EW, 22 g F,
32 g KH,
540 mg Natrium

INFO Milchsäurebakterien in Sauermilchprodukten wie Joghurt und milchsaurem Gemüse wie Sauerkraut schützen vor Infektionen im Darm und stärken vermutlich das Immunsystem. Deshalb sollte man möglichst jeden Tag eines dieser Lebensmittel essen.

Süßes

Süßes und Sünde werden oft miteinander verbunden. Dabei gehören Obst und Flocken, Nüsse und Quark, Getreide und Honig zu den gesunden Lebensmitteln, die uns Ernährungsexperten als tägliche Kost empfehlen. Vergessen Sie also das Sündige beim Essen, und freuen Sie sich über so viel süße Gesundheit. Die Kalorienangaben bei jedem Rezept sagen Ihnen genau, was Sie als leichtes Dessert wählen können und was Sie lieber als üppige süße Hauptmahlzeit genießen sollten.

Obstsalat mit Kokossahne

Zutaten für 4 Personen
600 g Pfirsiche, Nektarinen und Himbeeren gemischt
1 Kiwi • 100 g Sahne • 50 ml Kokosmilch • 1 TL Honig
75 g gehackte beliebige Nusskerne

Kaliumreich
Zubereitungszeit: etwa 30 Minuten

1000 kJ/240 kcal
6 g EW, 19 g F,
15 g KH,
20 mg Natrium

1 Die Pfirsiche häuten, die Nektarinen waschen. Beide Früchte halbieren, entsteinen und in Stücke schneiden. Die Himbeeren verlesen, die Kiwi schälen und in Scheiben schneiden.

2 Das Obst gleichmäßig auf Schälchen verteilen.

3 Die Sahne steif schlagen, mit Kokosmilch und Honig vermischen und über das Obst geben. Die gehackten Nüsse darüber streuen.

INFO Den aromatischen Extrakt von Kokosnussfleisch gibt es als flüssige Kokosmilch in Dosen oder feste Kokoscreme im Block zu kaufen. Beides bekommen Sie in Asienläden.

Haferflocken mit Kirschen

Gelingt leicht
Zubereitungszeit: etwa 30 Minuten

2400 kJ/575 kcal
15g EW, 31 g F,
60 g KH,
63 mg Natrium

Zutaten für 3 Personen

500 g Kirschen • 50 g zartbittere Schokolade • 125 g feine Haferflocken • 1/4 l Milch • 100 g Sahne • 1 TL Vanillezucker 50 g beliebige gehackte Nusskerne

1 Die Kirschen waschen, von den Stielen zupfen, entsteinen und auf Teller verteilen. Die Schokolade mit einer Küchenraspel fein reiben.

2 Die Haferflocken über die Kirschen streuen, dann die Milch darüber gießen.

3 Die Sahne mit Vanillezucker steif schlagen und in Tupfen auf die Haferflocken setzen. Mit gehackten Nüssen und Schokolade bestreuen.

Schrotmüsli mit Obst und Nüssen

Kaliumreich
Zubereitungszeit: etwa 15 Minuten (und etwa 5 Stunden Quellzeit)

1700 kJ/400 kcal
12 g EW, 24 g F,
37 g KH,
76 mg Natrium

Zutaten für 2 Personen

40 g Sechskorngetreide • 250 g Kefir • 250 g Zwetschgen, Birnen und Äpfel gemischt • 2 EL Sahne • 1 EL Obstdicksaft 50 g beliebige gehackte Nusskerne

1 Das Getreide in der Getreidemühle grob schroten, mit dem Kefir verrühren und zugedeckt im Kühlschrank etwa 5 Stunden quellen lassen.

2 Das Obst waschen. Die Zwetschgen halbieren und entsteinen, die Birne und den Apfel vierteln und vom Kerngehäuse befreien. Alle Früchte mundgerecht zerkleinern.

3 Die Sahne und den Obstdicksaft unter den Schrotbrei mischen. Das Müsli auf Teller verteilen. Das Obst darauf anrichten und mit gehackten Nüssen bestreuen.

INFO Lassen Sie vor allem im Sommer den Frischkornbrei unbedingt im Kühlschrank quellen, damit sich keine schädlichen Bakterien vermehren können.

Hirse mit Zwetschgen

Zutaten für 4 Personen
100 g Hirse • 400 ml Milch • 1 Stück unbehandelte Zitronenschale • 1/4 TL Zimtpulver • 1 EL Honig • 750 g Zwetschgen 200 g Sahne • 1 TL Butter • 50 g Sonnenblumenkerne

Gelingt leicht
Zubereitungszeit: etwa 45 Minuten

2100 kJ/500 kcal
11 g EW, 28 g F,
49 g KH,
70 mg Natrium

1 Die Hirse mit Milch, Zitronenschale und Zimtpulver aufkochen und zugedeckt bei schwächster Hitze in etwa 20 Minuten weich garen.
2 Den Topf von der Kochstelle nehmen, die Zitronenschale entfernen, Honig darunter mischen und die Hirse abkühlen lassen.
3 In der Zwischenzeit die Zwetschgen waschen, halbieren, entsteinen und in kleine Stücke schneiden. Die Sahne steif schlagen.
4 Die Butter zerlassen, und die Sonnenblumenkerne darin bei schwacher Hitze unter ständigem Rühren goldbraun rösten.
5 Die Zwetschgen und die Sahne unter die Hirse ziehen. Die Hirse auf Schälchen verteilen. Die Sonnenblumenkerne darüber streuen.

INFO Hirse liefert von den Getreidesorten, die schnell garen, am meisten Kalium. Sie ist deshalb besonders günstig, wenn Sie wegen Bluthochdruck auf Ihre Ernährung achten müssen. Im Sommer können Sie die Hirse mit Pfirsichen oder Kirschen zubereiten. Im Winter schmecken dazu eingeweichte Trockenfrüchte oder tiefgefrorenes Obst.

Eierkuchen mit Aprikosen und Quark

Süßes Hauptgericht
Zubereitungszeit: etwa 1 Stunde und 15 Minuten

2400 kJ/570 kcal
19 g EW, 34 g F,
48 g KH,
72 mg Natrium

Zutaten für 4 Personen
100 g Mehl • 1 Messerspitze streng natriumarmes Salz
1/4 l Wasser • 2 Eier • 500 g Aprikosen • 2 EL Apfelsaft
2 EL Öl • 250 g Magerquark • 50 g Zucker • abgeriebene Schale von 1/2 unbehandelten Zitrone • 1/2 TL gemahlene Vanille • 125 g Sahne • 100 g fein gemahlene Haselnusskerne
1 TL Zimtpulver

1 Das Mehl mit Salz und Wasser in einer Schüssel verrühren. Die Eier darunter mischen. Den Teig zugedeckt ruhen lassen, bis die Aprikosen vorbereitet sind.

2 Die Aprikosen waschen, halbieren und entsteinen. Mit dem Apfelsaft aufkochen und zugedeckt bei schwacher Hitze in etwa 5 Minuten weich kochen. Die Aprikosenhäute, die sich durch das Garen abgelöst haben, herausfischen und wegwerfen. Die Aprikosen in einem Sieb abtropfen lassen, den Saft dabei auffangen.

3 Zum Backen der Eierkuchen eine Pfanne bei starker Hitze so heiß werden lassen, dass ein Wassertropfen darin zischend verdampft. 1 Esslöffel Öl hinzufügen, und die Pfanne schwenken, damit sich das Öl verteilt.

4 Etwa 1/2 Schöpfkelle Teig in die Pfanne geben und ebenfalls durch Schwenken gleichmäßig verteilen. Den Eierkuchen zugedeckt bei mittlerer Hitze auf der Unterseite etwa 3 Minuten backen, bis der Teig an der Oberseite nicht mehr flüssig ist und die Ränder des Eierkuchens sich nach oben biegen. Den Eierkuchen wenden und in der offenen Pfanne fertigbacken.

5 Bei schwacher bis mittlerer Hitze noch 7 Eierkuchen backen; zwischendurch die Pfanne leicht ölen. Die Eierkuchen bei 50 °C im Backofen warm halten.

6 Den Quark mit 3/4 des Zuckers, der Zitronenschale und der Vanille verrühren. Die Sahne steif schlagen und mit den Aprikosen locker unter den Quark heben.

7 Jeweils einen Eierkuchen mit Quark-Aprikosen-Creme bestreichen, zusammenklappen und auf einem vorgewärmten Teller anrichten. Den aufgefangenen Aprikosensaft um die Eierkuchen träufeln.

8 Die Nüsse mit dem restlichen Zucker und dem Zimt vermischen und über die Eierkuchen streuen.

INFO Vollreife Aprikosen schmecken so aromatisch, dass man sie roh verwenden kann. Die wässrigen oder mehligen und zuckerarmen Früchte dagegen, die man bei uns leider meist bekommt, schmecken gegart besser.

Nektarinencreme

Zutaten für 4 Personen

750 g Nektarinen • 150 g Magerjoghurt • 1 EL Honig 2 cl Orangenlikör (ersatzweise je 1 EL Apfelsaft und Zitronensaft) • 200 g Sahne • 8 Löffelbiskuits

Gelingt leicht
Zubereitungszeit: etwa 20 Minuten

1 Die Nektarinen waschen, halbieren und entsteinen.

2 Mit Joghurt, Honig und Likör oder Saft im Mixer pürieren.

3 Die Sahne steif schlagen und unter die Nektarinencreme heben. Die Creme auf Dessertschälchen verteilen, mit den Löffelbiskuits anrichten.

1500 kJ/360 kcal
6 g EW, 17 g F,
44 g KH,
60 mg Natrium

Rote Grütze ist seit Generationen ein Klassiker für den Nachtisch.

Rote Grütze

Gelingt leicht
Kaliumreich
Zubereitungszeit: etwa 45 Minuten (und etwa 5 Stunden Kühlzeit)

Zutaten für 4 Personen
300 g Sauerkirschen • 500 g gemischte Beeren (Erdbeeren, Brombeeren, Johannisbeeren und Himbeeren) • 1/4 l ungesüßter roter Fruchtsaft • 50 g Zucker • 1 Stück unbehandelte Zitronenschale • 30 g Speisestärke

1 Die Sauerkirschen waschen, abzupfen und entsteinen. Die Beeren verlesen, waschen und ebenfalls abzupfen.

2 Die Kirschen, die gemischten Beeren, 3/4 des Fruchtsafts, den Zucker und die Zitronenschale aufkochen.

3 Die Speisestärke mit dem Rest des Safts glatt rühren und unter das Obst mischen. Die Grütze unter ständigem Rühren einmal aufkochen, bis sie dick wird. Die Zitronenschale entfernen.

4 Die Grütze auf Dessertschalen verteilen und vor dem Servieren etwa 5 Stunden kühlen.

780 kJ/190 kcal
2 g EW, 1 g F,
42 g KH,
3 mg Natrium

Quarkschmarren mit Rhabarber

Zutaten für 2 Personen

250 g Rhabarber • 300 g Erdbeeren • 1 Stück unbehandelte Zitronenschale • 50 g Zucker • 250 g Magerquark
2 Eier • 1 Messerspitze streng natriumarmes Salz
100 g Mehl • 3 EL Öl

Preiswert
Gelingt leicht
Zubereitungszeit: etwa 50 Minuten

1 Den Rhabarber waschen, putzen und in etwa fingerbreite Stücke schneiden. Die Erdbeeren waschen und abzupfen.

2 Den Rhabarber mit der Zitronenschale und 2/3 des Zuckers aufkochen und zugedeckt bei schwacher Hitze etwa 10 Minuten garen, bis er weich ist. In eine Schüssel geben und mit den Erdbeeren vermischen.

3 Den Quark mit dem restlichen Zucker, den Eiern, dem Salz und dem Mehl verrühren.

4 Das Öl erhitzen. Den Quarkteig darin glatt streichen und zugedeckt bei schwacher Hitze etwa 10 Minuten backen, bis er an der Unterseite hellbraun ist und sich ablösen lässt.

5 Die Teigplatte wenden und weitere 5 Minuten in der offenen Pfanne backen. In mundgerechte Stücke zerteilen. Diese bei mittlerer bis starker Hitze unter ständigem Wenden etwa 10 Minuten backen. Heiß mit dem Kompott servieren.

2700 kJ/640 kcal
31 g EW, 23 g F,
79 g KH,
120 mg Natrium

Waffeln mit Apfel-Preiselbeer-Kompott

Süßes Hauptgericht
Zubereitungszeit: etwa 45 Minuten

2700 kJ/640 kcal
12 g EW, 35 g F,
68 g KH,
79 mg Natrium

Zutaten für 4 Personen

100 g entsteinte Trockenpflaumen • 750 g säuerliche Äpfel (Cox Orange oder Boskop) • 1 Glas ungesüßtes Preiselbeerkompott (etwa 320 g, Reformhaus) • 125 g Butter
1 TL Vanillezucker • abgeriebene Schale von 1/2 unbehandelten Zitrone • je 1/2 TL Zimt- und Ingwerpulver
1 Prise frisch geriebene Muskatnuss • 3 Eier • 150 g Mehl
1/8 l Milch • Fett für das Waffeleisen

1 Für das Kompott die Pflaumen grob zerkleinern. Die Äpfel schälen, vierteln, vom Kerngehäuse befreien und in Stücke schneiden. Die Preiselbeeren abgießen, den Saft dabei auffangen.

2 Die Äpfel mit den Pflaumen und dem Preiselbeersaft aufkochen und zugedeckt bei schwacher Hitze etwa 5 Minuten garen. Das Kompott in eine Schüssel geben und mit den Preiselbeeren vermischt ziehen lassen, bis die Waffeln fertig sind.

3 Die Butter schaumig rühren. Vanillezucker, Zitronenschale, Zimt, Ingwer und Muskat darunter mischen. Nacheinander die Eier, dann das Mehl und zum Schluss die Milch darunter rühren. Den Teig zugedeckt etwa 15 Minuten quellen lassen.

4 Die Backflächen des Waffeleisens fetten. Jeweils etwa 2 Esslöffel Teig hineingeben und jede Waffel 3 bis 4 Minuten goldbraun backen. Heiß oder kalt zum Kompott servieren.

INFO Preiselbeeren reifen von Ende August bis Oktober. Sie enthalten Ballaststoffe für den Darm und ein natürliches Heilmittel gegen Blasenentzündung.

Zwetschgenklöße

Zutaten für 4 Personen

500 g Magerquark • 150 g Weizengrieß • 50 g Weizenvollkornmehl • 1 Ei • 50 g Zucker • abgeriebene Schale von 1/4 unbehandelten Zitrone • 12 reife Zwetschgen 2 TL streng natriumarmes Salz • 50 g Butter • 30 g Semmelbrösel • 1 TL Zimtpulver

1 Ein Sieb mit einem Mulltuch auslegen. Den Quark darin über Nacht abtropfen lassen.

2 Den Quark mit dem Grieß, dem Mehl, dem Ei, 1 Teelöffel Zucker und der Zitronenschale zu einem glatten Teig verrühren.

3 Die Zwetschgen waschen, abtrocknen und halbieren, aber nicht ganz durchschneiden. Die Kerne herauslösen.

4 Für jeden Kloß ein walnussgroßes Stück Quarkteig auf dem Handballen flach drücken. Jeweils 1 Zwetschge mit dem Teigstück umhüllen.

5 Reichlich Wasser mit Salz aufkochen. Die Klöße in das sprudelnd kochende Wasser geben und bei schwacher Hitze etwa 15 Minuten sanft kochen lassen. Den Deckel nur halb auf den Topf legen.

6 Inzwischen die Butter zerlassen. Die Semmelbrösel hinzufügen und bei mittlerer Hitze unter Rühren leicht anrösten.

7 Die Klöße abtropfen lassen, auf heißen Tellern anrichten. Semmelbrösel darüber verteilen. Den restlichen Zucker mit Zimt vermischen und darüber streuen.

INFO Magere Milchprodukte wie Quark, saure Sahne und Joghurt sind bedeutende Kalziumspender. Man sollte sie täglich essen.

Spezialität aus Österreich
Zubereitungszeit: etwa 1 Stunde (und etwa 12 Stunden Abtropfzeit)

1900 kJ/450 kcal
25 g EW, 13 g F,
59 g KH,
68 mg Natrium

Das Kalzium in Milchprodukten wie Quark spielt bei der Vorbeugung von Osteoporose eine wichtige Rolle.

Auflauf mit Kirschen

Spezialität aus Frankreich
Zubereitungszeit: etwa 1 Stunde und 15 Minuten

1600 kJ/380 kcal
15 g EW, 11 g F, 53 g KH, 120 mg Natrium

Zutaten für 4 Personen
500 g Sauerkirschen • 75 g Zucker • 1 TL Zimtpulver
100 g Mehl • 1 Messerspitze Backpulver • 300 ml Milch
1 TL Vanillezucker • abgeriebene Schale von 1/4 unbehandelten Zitrone • 5 Eier

1 Die Sauerkirschen gründlich waschen, abzupfen, entsteinen und in eine flache ofenfeste Form mit niedrigem Rand geben. Zucker und Zimt darüber streuen.

2 Mehl und Backpulver in einer Schüssel vermischen. Die Milch dazugießen und alles mit den Quirlen des Handrührgeräts zu einem glatten Teig vermischen. Vanillezucker und die Zitronenschale hinzufügen.

3 Die Eier trennen. Die Eigelbe nacheinander unter den Teig rühren. Das Eiweiß steif schlagen und mit dem Schneebesen darunter ziehen.

4 Den Teig auf die Kirschen geben und glatt streichen. Den Auflauf in den kalten Backofen (unten) stellen und bei 200 °C (Umluft 180 °C, Gas Stufe 3 bis 4) etwa 50 Minuten backen, bis er an der Oberfläche schön gebräunt ist.

Grießnocken mit Obst

Braucht Zeit
Zubereitungszeit: etwa 1 Stunde (und 5 Stunden Kühlzeit)

Zutaten für 4 Personen
1/2 l Milch • 50 g Zucker • 1 TL abgeriebene Schale von 1 unbehandelten Zitrone • 150 g Grieß • 300 g Kirschen
2 Pfirsiche • 2 Eier • 50 g Schlagsahne • 250 g Himbeeren
50 ml ungesüßter roter Fruchtsaft • 1 TL Honig
25 g ungesalzene Pistazienkerne

1 Die Milch mit Zucker und Zitronenschale aufkochen. Den Grieß hineinrühren und zugedeckt bei schwächster Hitze 5 Minuten quellen lassen. Den Topf von der Kochstelle nehmen, den Grieß auskühlen lassen und dabei immer wieder kräftig mit einem Kochlöffel durchrühren.
2 Während der Grießbrei abkühlt, die Kirschen waschen, von den Stielen zupfen und entsteinen. Die Pfirsiche abziehen, halbieren, entsteinen und in kleine Stücke schneiden.
3 Die Eier trennen. Die Eigelbe unter den Grießbrei mischen. Eiweiß und Sahne getrennt steif schlagen und mit einem Schneebesen darunter ziehen. Die zerkleinerten Früchte mit einer Gabel locker unter den Grieß mischen. Den Obstgrieß zugedeckt in den Kühlschrank stellen und etwa 5 Stunden kühlen.
4 Für die Sauce die Himbeeren verlesen. Mit dem Saft und dem Honig pürieren. Die Pistazien auf ein Holzbrett geben und grob hacken.
5 Zum Servieren einen Esslöffel in warmes Wasser tauchen, den Obstgrieß damit in Nocken abstechen und auf Teller verteilen. Die Himbeersauce um die Nocken gießen. Die Pistazien über die Grießnocken streuen.

INFO Zum Entsteinen von Kirschen gibt es drei Methoden. Die erste und einfachste: im Haushaltswarengeschäft einen Kirschenentsteiner kaufen. Die zweite: Kirschen nach dem Waschen und Abzupfen mit einem kleinen spitzen Messer halbieren und die Steine herauspulen. Die dritte: eine gebogene, dünne Haarnadel in einen Weinkorken stecken. Die Nadel mit der Rundung in den Stielansatz der Kirsche stecken und den Kern herausholen.

1980 kJ/472 kcal
15 g EW, 15 g F,
66 g KH,
110 mg Natrium

Pistazien sind Verwandte der Mandeln und stammen aus dem Mittelmeerraum. Die leuchtend grünen, würzigen Pistazienkerne verfeinern Obstsalat, Desserts und Gebäck.

Bananencreme mit Orangen

Gelingt leicht
Kaliumreich
Zubereitungszeit: etwa 45 Minuten (und etwa 1 Stunde Kühlzeit)

1500 kJ/360 kcal
9 g EW, 18 g F,
39 g KH,
77 mg Natrium

Zutaten für 4 Personen

1/4 l Milch • 2 TL Vanillezucker • 2 Eier • 2 TL Honig
50 g Mehl • 1 unbehandelte Orange • 3 reife Bananen
150 g Sahne

1 Die Milch mit Vanillezucker erhitzen.

2 Eier und Honig zu einer Creme schlagen. Zuerst das Mehl, dann die Milch unterrühren.

3 Die Creme unter Rühren aufkochen, bis sie dick wie Pudding ist.

4 Den Topf in eine Schüssel mit kaltem Wasser und einigen Eiswürfeln stellen und die Creme rühren, bis sie kalt ist.

5 1/3 der Orangenschale abreiben. Die Orange auspressen. Die Bananen zerdrücken. Die Sahne steif schlagen.

6 Alle diese Zutaten unter die Creme heben. Die Bananencreme etwa 1 Stunde kühlen.

Durch die zerdrückten Bananen sieht dieses Dessert leicht etwas grau aus. Dafür schmeckt es umso besser.

Süße Grießschnitten mit Erdbeeren

Zutaten für 4 Personen
180 g Weizenvollkorngrieß • 600 ml Milch • etwas abgeriebene Schale von 1 unbehandelten Zitrone
1 TL Vanillezucker • 4 Eier • 50 g Butter • 75 g Zucker
80 g fein gemahlene Haselnusskerne • Butter und fein geriebenes Knäckebrot für die Form • 1 kg Erdbeeren
eventuell 2 cl Orangenlikör

Gelingt leicht
Raffiniert
Zubereitungszeit: etwa 1 Stunde und 45 Minuten

3000 kJ/710 kcal
21 g EW, 37 g F, 78 g KH, 140 mg Natrium

1 Den Grieß mit der Milch, der abgeriebenen Zitronenschale und dem Vanillezucker aufkochen und bei schwacher Hitze etwa 2 Minuten garen. Dabei ständig umrühren.

2 Den Topf von der Kochstelle nehmen und den Grieß abkühlen lassen. Die Eier trennen.

3 Die Butter mit 2/3 des Zuckers schaumig rühren. Zuerst die Eigelbe, dann esslöffelweise den lauwarmen Grießbrei unter die Buttermischung rühren. Das Eiweiß sehr steif schlagen und auf den Teig geben. Nüsse darüber streuen. Alles unterheben.

4 Eine ofenfeste Form mit niedrigem Rand mit Butter ausstreichen und mit Knäckebrotbröseln ausstreuen. Den Teig darin glatt streichen.

5 Den Grieß in den kalten Backofen (Mitte) stellen und bei 180 °C (Umluft 160 °C, Gas Stufe 2 bis 3) etwa 45 Minuten backen.

6 Inzwischen die Erdbeeren waschen, abzupfen und in Stücke schneiden. Mit dem restlichen Zucker und eventuell Orangenlikör vermischen und auf Tellern anrichten.

7 Den Grieß aus dem Ofen nehmen und 10 Minuten ruhen lassen. Mit einem scharfen Messer in Stücke schneiden und neben den Erdbeeren anrichten.

Gebackene Aprikosenklöße

Kaliumreich
Zubereitungszeit: etwa 30 Minuten

Zutaten für 4–5 Personen

500 g Magerquark • 150 g Mehl • 50 g Semmelbrösel
1 Ei • abgeriebene Schale von 1/4 unbehandelten Zitrone
1 Prise streng natriumarmes Salz • 10 reife Aprikosen
100 g Butter • 75 g Zucker • 1–2 TL Zimtpulver

2555 kJ/609 kcal
25 g EW, 24 g F,
72 g KH,
130 mg Natrium

1 Ein Sieb mit einem Mulltuch auslegen. Den Quark hineingeben und etwa 10 Minuten abtropfen lassen. Mit dem Mehl, den Semmelbröseln, dem Ei, der Zitronenschale und dem Salz zu einem glatten Teig verrühren.

2 Die Aprikosen waschen, abtrocknen und halbieren, dabei aber nicht ganz durchschneiden. Die Steine entfernen.

3 Für jeden Kloß ein Stück Quarkteig auf dem Handballen flach drücken. Je eine Aprikose mit dem Teigstück umhüllen.

4 Butter in einem großen Bräter erhitzen. Die Aprikosenklöße nebeneinander in die flüssige Butter legen und den Bräter schließen.

5 Die Klöße im Backofen bei 180 °C (Umluft 160 °C, Gas Stufe 2 bis 3) etwa 20 Minuten backen. Den Deckel entfernen, und die Klöße im offenen Bräter weitere 30 Minuten backen, bis sie leicht gebräunt sind.

6 Zucker und Zimt mischen, die heißen Klöße damit bestreuen und sofort servieren.

Besonders aromatische Süßmittel aus Getreide, Obst, Zuckerrüben und Rohrzucker bekommen Sie in Naturkostläden und Reformhäusern.

INFO Zucker ist genau wie Salz ein Gewürz. Richtig und eher sparsam dosiert, hebt er das Aroma von Süßspeisen und Gebäck. Verwenden Sie zu viel Zucker, geht das Aroma verloren. Und da kein Süßmittel wirklich gesund ist, treffen sich hier wiederum Vernunft und Genuss beim Essen.

Crêpes mit Kirschen und Eis

Zutaten für 4 Personen
60 g Butter oder Pflanzenmargarine • 200 ml Milch
75 g Mehl • 1 Prise streng natriumarmes Salz • 2 Eier
200 g Sauerkirschen • 2 EL Zucker • abgeriebene Schale von 1/4 unbehandelten Zitrone • 1/8 l Orangensaft
100 g Schokoladeneis • 100 g Crème fraîche
1–2 EL Dattel- oder Ahornsirup

Für Gäste
Kalorienreich
Zubereitungszeit: etwa 45 Minuten

1 Fett schmelzen, aber nicht bräunen. Die Milch in eine Schüssel gießen, Mehl darüber sieben, Salz zugeben und alles mit einem Schneebesen glatt rühren. Zuerst die Eier, dann 2 Esslöffel flüssiges Fett darunter mischen.
2 Eine kleine Pfanne erhitzen. Mit etwas flüssigem Fett auspinseln und etwa 1/2 Schöpfkelle Teig hineingeben. Das Crêpe zugedeckt bei schwacher Hitze etwa 2 Minuten backen, bis es sich leicht vom Pfannenboden löst. Wenden und in der offenen Pfanne in 1 Minute fertig backen. Die restlichen Crêpes backen, die Pfanne ab und zu mit Butter auspinseln.
3 Die Sauerkirschen waschen, trockentupfen, von den Stielen zupfen und entsteinen.
4 Für den Sud das restliche flüssige Fett, Zucker und Zitronenschale in die Pfanne geben und unter Rühren erhitzen, bis sich der Zucker aufgelöst hat. Den Orangensaft und die Sauerkirschen zugeben und erhitzen. Die Kirschen auf vorgewärmte Dessertteller geben.
5 Die Crêpes im Sud wenden und auf die Kirschen legen. Das Schokoladeneis portionieren und daneben anrichten. Die Crème fraîche mit dem Dattel- oder Ahornsirup mischen und darüber träufeln.

1657 kJ/396 kcal
9 g EW, 24 g F,
35 g KH,
90 mg Natrium

Blaubeerküchlein

Süßes Hauptgericht
Zubereitungszeit: etwa 45 Minuten

2800 kJ/670 kcal
15 g EW, 37 g F,
70 g KH,
120 mg Natrium

Zutaten für 2 Personen

300 g Blaubeeren • 50 g Butter • 2 Eier • 200 ml Milch 75 g Mehl • 1 EL Vanillezucker • 1 EL Öl zum Backen

1 Die Blaubeeren waschen und trockentupfen. Die Butter in einem kleinen Pfännchen zerlassen, aber nicht bräunen. Die Eier trennen.

2 Die Milch in eine Schüssel geben. Das Mehl darüber sieben und mit den Quirlen des Handrührgeräts unterrühren. Die Eigelbe und den Vanillezucker darunter mischen.

3 Die Butter in dünnem Strahl dazugießen. Die Masse so lange rühren, bis ein glatter Teig entstanden ist. Die Blaubeeren mit einer Gabel darunter mischen. Das Eiweiß steif schlagen und darunter ziehen.

4 Eine Pfanne heiß werden lassen. Mit etwas Öl auspinseln. Kleine Küchlein von je etwa 2 Esslöffeln Teig in die Pfanne setzen und bei mittlerer Hitze auf der Unterseite etwa 3 Minuten backen, bis sie sich vom Pfannenboden ablösen lassen.

5 Die Blaubeerküchlein wenden und noch einmal 1 bis 2 Minuten backen. Herausnehmen und heiß oder lauwarm servieren.

Aprikosenauflauf mit Quark

Kalorienreich
Zubereitungszeit: etwa 35 Minuten

Zutaten für 4 Personen

250 g Toastbrot • 1 unbehandelte Zitrone • 1/4 l Milch 80 g Zucker • 750 g Aprikosen • 2 Eier • 500 g Magerquark 1 EL Butter oder Pflanzenmargarine

1 Das Brot mittelbraun toasten, würfeln und in eine Schüssel geben. Die Zitrone waschen, abtrocknen und die Schale rundherum abreiben. Die Zitrone auspressen, und den Saft für den Quark beiseite stellen.

2 Die Milch mit der Zitronenschale und der Hälfte des Zuckers erhitzen und kochend heiß über die Brotwürfel gießen. Das Brot ziehen lassen, bis die anderen Zutaten vorbereitet sind.

3 Die Aprikosen abziehen, vierteln und entsteinen.

4 Die Eier trennen. Den Quark mit den Eigelben, dem Zitronensaft und dem restlichen Zucker verrühren. Esslöffelweise das eingeweichte Brot darunter rühren. Eiweiß steif schlagen und mit dem Schneebesen darunter ziehen.

5 Die Quarkmasse und die Aprikosen schichtweise in eine gefettete, ofenfeste Form mit hohem Rand füllen. Als oberste Schicht mit Quark abschließen. Die Butter in kleine Stücke teilen und darauf legen.

6 Den Auflauf in den kalten Backofen stellen und bei 175 °C (Umluft 150 °C, Gas Stufe 2) etwa 1 Stunde backen.

2187 kJ/521 kcal
29 g EW, 10 g F,
74 g KH,
450 mg Natrium

INFO Backzeiten lassen sich nicht exakt angeben, weil sie vom Herdtyp und/oder dessen Heizleistung abhängen. Deshalb macht man bei Aufläufen – wie bei Kuchen und Tortenboden – die Garprobe. Stecken Sie nach der im Rezept genannten Backzeit ein Holzstäbchen in die Mitte des Auflaufs, und ziehen Sie es sofort wieder heraus. Wenn keine feuchten oder klebrigen Teigreste mehr daran haften, ist der Auflauf gar, und Sie können ihn aus dem Backofen nehmen. Für geübte Köchinnen und Köche: Der Auflauf ist gar, wenn sich seine Oberfläche nicht mehr bewegt.

Getrocknete Aprikosen enthalten viermal so viel Kalium wie frische und sind deshalb bei salzarmer Kost zum Naschen besonders empfehlenswert.

Impressum

Originalausgabe © MIIM Südwest Verlag, München. Der Südwest Verlag ist ein Unternehmen der Verlagsgruppe Random House GmbH, München.

Copyright © 2005 für die genehmigte Sonderausgabe: Bellavista, ein Imprint der Verlag Karl Müller GmbH, Köln.

Redaktion: Sylvia Rein
Projektleitung: Dr. Alex Klubertanz
Redaktionsleitung und medizinische Fachberatung: Dr. med. Christiane Lentz
Bildredaktion: Ute Schoenenburg
Produktion: Manfred Metzger
Layout: Wolfgang Lehner

Für diese Ausgabe:
Redaktion: Martina Rözel
Herstellung: Tara Tobias Moritzen
Umschlaggestaltung: Peter Udo Pinzer, Eppstein
Titelbild: © Deimling-Ostrinsky, Achim/ www.stockfood.com
Reproduktion: Jung Medienpartner, Limburg
Druck und Bindung: EuroGrafica, Marano

Printed in Italy

ISBN 3-8336-0428-X
www.bellavista-verlag.de

Über die Autorin

Barbara Rias-Bucher ist in München geboren und war nach ihrem Studium in einem Münchner Verlag tätig. Seit 1979 arbeitet sie als freie Foodjournalistin und Autorin für renommierte Buch- und Zeitschriftenverlage. Ihre zahlreichen Bücher zu den Themen »Kochen« und »Ernährung« weisen sie als internationale Expertin im Bereich der modernen Ernährung aus. Ihre Rezepte reichen von kulinarisch-edel bis einfach-raffiniert und sind dank der präzisen Anleitungen auch für den Laien einfach nachzukochen.

Literatur

Lentz, Christiane / Klubertanz, Alex: Knoblauch und Zwiebeln. Südwest Verlag. München 1998

Rias-Bucher, Barbara: Salzarme Küche. Südwest Verlag. München 1998

Roßmeier, Armin / Fronek, Heidrun: Das große Buch der leichten Küche. Südwest Verlag. München 1998

Roßmeier, Armin: Fit und gesund durch fettarme Küche. Südwest Verlag. 2. Auflage, München 1997

Kranz, Brigitte: Früchte – der gesunde Genuss. Südwest Verlag. München 1997

Hinweis

Das vorliegende Buch ist sorgfältig erarbeitet worden. Dennoch erfolgen alle Angaben ohne Gewähr. Weder Autorin noch Verlag können für eventuelle Nachteile oder Schäden, die aus den im Buch gemachten praktischen Hinweisen resultieren, eine Haftung übernehmen.

Bildnachweis

Albrecht Dirk, Meinerzhagen: 33, 44, 48, 55, 73, 81, 95, 103, 108; Bilderberg, Hamburg: 1 (Wolfgang Kunz), 9 (Frieder Blickle); Südwest Verlag, München: 4, 18, 23, 28, 61, 66, 86, 114, 120 (Christian Kargl/U. S.), 39 (Claudia Rehm)

Sachregister

Rezepteregister